2
暗殺スキルで異世界最強
～錬金術と暗殺術を極めた俺は、世界を陰から支配する～
Author 進行諸島
Illust. 赤井てら

「レイトさんの実力は
諸卿にもわかったはず。
起用について
採決します」

全会一致で賛成――!!
信頼は勝ち得たようだな。
ここからは反撃と行くか。

複数の爆発が周囲を包む!!
だが、これは陽動にすぎない

閃光弾の炸裂に続いて――
「霊魂破壊!!」

女神降臨——

「救世主レイトよ。
あなたを〝使徒〟に
任命します――」

ASSASSINATION SKILL

CONTENTS

Strongest in the world with
Assassination skill

暗殺スキルで異世界最強

~錬金術と暗殺術を極めた俺は、世界を陰から支配する~

2

Author 進行諸島
Illust. 赤井てら

Strongest in the world
with Assassination skill

第一章

「こちらへどうぞ。国王陛下は、間もなくいらっしゃるそうです」

国王から受け取った手紙を持って王宮に行くと、俺《おれ》は応接室に通された。

事前連絡なしだったので、今日はいつ会うかだけ決めるつもりだったのだが、どうやらこのまま会えるようだ。

そう考えつつ……俺は部屋の中にある家具に目をやった。

王宮の応接室なのだから、恐らく家具はこの世界で最高峰に近いものだろう。

その割には、質が微妙だ。

素材は文句なしにいい。

だが、加工に問題がある。

丁寧に作られてはいるのだが……魔法による加工がお粗末だ。

強化魔法がかけられているのだが、その性能が低い。恐らく『大工』が、自分のスキルだけで付与したのだろう。

錬金術を併用すれば、これよりはるかに質の高いエンチャントができる。

王宮の応接室でこのレベルなので、この世界の生産スキルはあまりレベルが高くないようだ。

などと考えつつ、家具などを見て暇を潰《つぶ》していると……。

「国王陛下がいらっしゃいました！」

そんな声とともに扉が開けられ、大勢の護衛を引き連れてライアス国王が入ってきた。

護衛の中には、ゴルドーもいる。

「……事前連絡もせずに来てしまいましたが、大丈夫でしたか？」

今はとりあえず、敬語を使っておく。

公の場で国王に敬語を使わないと、噂《うわさ》が広がりそうだからな。

「ああ。私としても、君に会いたいと思っていたところだ」

そう言って国王が、後ろを振り向く。

そして……護衛たちに告げた。

「悪いが、全員席を外してくれるか？　二人で話したい」

その言葉を聞いて、護衛の近衛騎士たちが困惑の顔を浮かべるのも無理もない。

こんな得体の知れない男と、国王が二人だけになるというのは、危険極《きわ》まりないからな。

そんな中、ゴルドーが口を開いた。

「仰せのままに」

騎士ゴルドーは深々と頭を下げ、部屋を後にした。

それを見て、他の近衛騎士たちも次々に部屋を出ていく。

そして……扉が閉ざされたところで、ライアス国王は部屋の隅にあった魔道具を起動した。

「……防音魔法か」

「ああ。君が私にため口を利《き》いているのを、護衛騎士に聞かれたらまずいだろう？」

どうやら、俺に配慮してくれたようだ。

ゴルドーくらいはいてもいいんじゃないかと思ったが、ゴルドーだけを残すというのも、色々難しいのだろう。

しかし……。

「それはありがたいな。……でも、警護要員ゼロってのは問題があるんじゃないか？　俺はここに来る時、荷物検査すら受けてないぞ？」

「普段はちゃんと荷物検査をしているから、安心してくれ。……荷物検査をしなかったのは最大限の信頼の証《あかし》でもあるし、検査したところで意味がないということもある」

なるほど。

確かに、言葉で『信頼している』と言われるより、こうやって1対1で会うことの方が、信頼を示すことになるな。

とはいえ、武装解除すらしていない暗殺者と1対1で会うとは、ライアス国王もなかなか度胸があるようだ。

「さて……前置きはこの辺にして、報酬の話に入るとするか。まずは土地からだな」

「……もう用意できたのか？　かなり広い土地だよな？」

俺は依頼を受けるにあたって、2つの報酬を要求した。

一つは工房を建設するための土地。できれば王都に欲しいと伝えた。

もう一つはミーシス王国との、対等な協力関係だ。

工房の建設用地は、300坪以上の面積を要求した。

だが、王都にそれだけの土地を確保するのは、簡単なことではない。

「実はつい昨日、広い家付きの土地が空いたものでな。……５００坪の土地に、13部屋の家がある。立地も大通り沿いだ」

「随分広いな。空いたのが昨日ってことは……」

「グアラ子爵。……魔導師サタークスを王宮に引き入れ、この国の乗っ取りを企てた不届き者の家だよ。もうこの世にはいないが」

やっぱり、この前の事件で処刑された貴族の家か。

いくら魔導師サタークスが優秀だとはいっても、協力者もなしに王宮に潜り込むのは難しいだろうからな。

協力者が見つからなければ、俺の出番だったかもしれないが……どうやら国王たちは、自分で協力者を見つけられたようだ。

まあ、他にも黒幕が残っていないという保証はないのだが。

「子爵の家って、そんなにでかいのか?」

この国の貴族は偉い順に、『公爵』『侯爵』『辺境伯』『伯爵』『子爵』『男爵』『準男爵』『騎士爵』だったはずだ。

子爵といえば、それなりには偉いはずだが……そんなに広い家を持っているものなのだろうか。

「いや……グアラ子爵は、子爵の中では異常に金回りがよかった。だから怪しんでいたんだが……彼の財産は、ほとんどサタークスからの資金援助だったらしい」

なるほど。

魔導師サタークスから受け取った金で、豪邸を建てた訳か。

……それだと、あまり俺の趣味に合う家じゃなさそうだな。

成金趣味って感じだろうし、そもそも俺が欲しいのは家ではなく工房なので、造りが違う。

「その家、壊していいか?」

「ああ。……家がいらないなら、更地にして引き渡そう。その方が、こちらとしてもありがたい」

「見せしめって訳か」

「そういうことだ」

俺が受け取る土地にあるのは、国王を殺そうとした重犯罪者の金で建てた家だ。

それを残すよりは派手に壊した方が、見せしめにもなるということのようだ。

「じゃあ、取り壊しを頼む」

「分かった。……この話が終わったらすぐに取りかからせる」

いい土地をもらったな。

もっと王都の端っこの土地や、工房をギリギリ建てられるような土地だと思っていたのだが。

「再建築のための建材と、建築家と大工を手配するか？　……もちろん費用は私持ちだ。君には助けられたからな」

建築家と、大工の手配か。

確かに、それは楽だが……。

「いや、全部自分で建てるから、気にしないでくれ」

「……かなり広い土地だぞ？　一人で建てるのは、難しいと思うが……」

「あの森にあった小屋も、俺が１日もかからず作ったものだ。……時間さえかければ、しっかりした工房は建てられる」

建築を人任せにするということは、できあがる家の中に、俺が知らない場所ができるということだ。

ライアス国王を信用していない訳ではないが、建築家や大工の中にスパイを紛《まぎ》れ込《こ》ませる可能性はある。

そうじゃなくても、家の構造や内装などは、あまり知られないようにしたいしな。

となると、自分で建てるのが手っ取り早い。

森の小屋を建てた時と違って、ここでは材料も道具も豊富に手に入るので、大きい工房でもそこまで時間はかからないだろう。

でも、材料は欲しいな。


「材料だけもらえるか？　木と鉄と石だけでいい」


家には色々と材料が必要だが、大量に必要なのはこの3つだ。

木と鉄と石があれば、とりあえず家の形は作れる。

中の設備などはレアな素材が必要になったりするので、これから集めることにしよう。


「……分かった。良質なものを、できるだけ沢山用意させよう」

そう言って、ライアス国王は頷《うなず》いた。

どうやらこれで、土地の件は解決のようだな。

いい土地がもらえた上、材料のおまけまでもらえたので、１００％満足できる結果だ。

「土地に関しては、このくらいだな。協力関係の話に入ろう。……要求は、この国と対等の関係を結びたい……という条件で合っているか？」

「ああ。合っている」

「……そうか。だが、国と対等の関係となると……交渉は国同士の外交のような形になる。それは面倒ではないか？」

……確かにそうだな。

国と個人が対等に交渉する……なんてケースはまずないので、国同士のような形の交渉になってしまうのだ。

時間もかかるし、手続きも面倒くさそうだ。

そう考えていると、国王がまた口を開いた。

「そこで、相談なんだが……対等な協力関係を結ぶ相手を、国ではなく……私にしないか？」

「ライアス国王と？」

「ああ。この国と対等な協力関係を結ぶなら、結局は私との話になるからな。その方が面倒がない」

ありがたい提案ではある。
国王なら国を動かせるし、個人同士の話なら面倒な手続きも不要だ。
だが……一つだけ、問題があるな。

「国王が代替わりしたら、その時はどうする？」

もし国王が死んでしまったりすると、俺はその瞬間、交渉相手を失うことになる。
この契約を知っているのは、ライアス国王とゴルドー、それからルーミア王女くらいのものだからな。

個人同士での約束は、その個人がいなくなると消滅してしまうのだ。

「要は、私が死ななければいいんだろう？　……これでも私は、健康に気をつけているんだ」

そう言ってライアス国王が、力こぶを作った。

確かに、早死にしそうな雰囲気ではないが……。

「この前、怪しい奴《やつ》に近付かれた挙句、転送魔法で暗殺されかけてなかったか？」

「確かに暗殺は問題だな。……私が殺されないように、君が気をつけてくれ」

……守ってくれって訳か。

護衛って、面倒なんだよな……。

暗殺は殺せばそれで終わりだが、護衛はずっと守らなければいけない訳だし。

だが……王宮の中に色々な魔道具を仕込めるなら、悪い話じゃないな。

わざわざあんな魔導師を送り込んできたのだから、マスラ・ズール陣営は恐らく、このミーシス王国を滅ぼしたいはず。

だとすれば……この王宮は俺にとって、ゴキブリホ●ホイのようなものだ。

ただ待ち構えて、来た連中を殺すだけで敵の戦力を削れることになる。

「護衛のために、王宮の中に魔道具を置いていいか？　この王宮の警護はザルだからな」

「これでも、かなり守りを固めたつもりだったんだがな……。分かった。好きなだけ魔道具を置いてくれ」

よし。

いい罠《わな》を手に入れたぞ。

「置いた魔道具を撤去されないように、王宮の人たちに伝えておいてくれ」

「もちろんだ。外部の者が作った魔道具を王宮に置くなんて聞いたら、近衛騎士団長は卒倒するだろうが……私が暗殺されかけた時の話を出せば、文句は言えまい」

……確かにそうだな。

国王が転送魔法で殺されかけた上、俺はその犯人を、王宮の警備体制をかいくぐって暗殺したのだ。

これでは近衛騎士団も『俺たちだけで大丈夫だ』などと主張はできないだろう。

「分かった。その条件で、対等な協力関係を結ぼう」

「ああ。……よろしく頼む」

そう言って俺たちは、握手を交わした。

交渉成立だ。

それから少しして、国王が口を開いた。

「ということで、さっそく頼みたい依頼があるんだが……受けてもらえないか？」

「……暗殺の依頼か？」

「ああ。国内の貴族……グラーズル公爵の暗殺だ」

グラーズル公爵……。

大貴族だな。

この国に来てから日が浅い俺でも、街中で見かけたことのある名前だ。

「……公爵ってことは、そいつは王族か？」

公爵は貴族の中でも最上位……ほとんどが王族のはずだ。

それが暗殺対象となると、なかなか重大な依頼だな。

「ああ。グラーズル公爵は、王家の血を引いている。……だからこそ、正規の方法では殺しにくくてな」

「事情を聞いていいか？　……もちろん、秘密は守る」

俺は依頼を受ける時、できるだけ理由を聞くようにしている。

その理由の一つは、暗殺の目的によって使うべき手段が変わってくるからだ。

暗殺には、事故に見せたいケースや、誰《だれ》かに殺されたのを明らかにしたいケース……さらには、特定の誰かに罪をなすりつけたいケースなど、様々な理由がある。

物陰に隠れて、こそこそ対象を殺すのだけが暗殺ではない。

『本能寺の変』のように、大軍勢で包囲して殺すのだって、立派な暗殺だ。

暗殺方法は、対象と目的によって変わってくる。

だからこそ暗殺者は、暗殺依頼の目的を知っておく必要があるのだ。

……もっとも、ミーシス王国の件に関しては、それ以外にも事情を知りたい理由はあるのだが。

この国は、これから俺にとって重要な地盤になる国だからな。

「今回の私の暗殺……つまり、魔導師サタークスを王宮に送り込んだ実行犯は、グアラ子爵で間違いない。……だが、いくら資金があるとはいっても、グアラ子爵だけの力で、魔導師サタークスをコシスの護衛に潜り込ませることなどできなかったはずだ。……恐らく、他に黒幕がいる」

魔導師サタークスは、コシス王子の護衛として王宮に出入りしていた。

そしてライアス国王を暗殺し、コシス王子を操《あやつ》り人形にしてこの国を乗っ取ろうとした訳だ。

……確かに、王子の護衛となると、子爵程度で送り込める立場じゃなさそうだな。

「その黒幕が、グラーズル公爵だってことか?」

「ああ。そうだ」

「……何か証拠があるのか?」

「私は、奴が犯人だと確信している」

なるほど。

証拠はないという訳か。

「一歩間違えれば、冤罪《えんざい》での粛清《しゅくせい》になるな」

「ああ。それは理解している。……それでも頼みたいと言ったら、断るか？」

「粛清なら粛清で構わない。それと分かるように、派手に暗殺する。……殺した後で屋敷に火をつければ、分かりやすい見せしめになるか？」

俺は別に、依頼主が正義であろうと悪であろうと構わない。

もし俺が依頼を受けた相手がマスラ・ズールだったら、俺は今とは逆に、女神リーゼスを暗殺しにかかったことだろう。

だがミーシス王国は俺にとっても、重要な地盤になる国だ。

もしライアス国王が『相応《ふさわ》しくない』と判断した場合……国王を暗殺して、国を乗っ取るような選択肢も出てくる。

国王暗殺は色々と問題が多いから、できればやりたくないが……必要があるなら、俺はやる。

そのために、国王の考えを知っておきたい。

そう考えて俺は、次の言葉を口に出す。

「本当にグラーズル公爵が処刑に値するかどうか、確かめたいとは思わないか?」

「……そんなことができるのか?」

「暗殺のついでに、屋敷から証拠を盗むくらいは簡単だ。証拠を探す気があるなら、探してやる」

もしグラーズル公爵が本当に黒幕だとしたら、恐らく何かしらの痕跡は残っているだろう。

恐らく、厳重に管理されてはいるだろうが……何の痕跡も残さずに暗躍するのは難しいからな。

「証拠を……か」

「ああ。何か、おすすめの書類とかはあるか？　なければ適当に、それっぽいのを根こそぎ持ってくるが……盗むものが多くなると、バレるのも早くなる」


犯行事実の確認と、犯人の暗殺。

2回に分けて侵入するとなると、難易度が上がる。

できればその場で白か黒か判定して、1回で済ませたいところだ。

そう考えていると……ライアス国王が口を開いた。

「……サタークスの件とは直接関係ないが……所持だけで死罪に値するものがある。それを探してほしい」

「分かった。どんな品だ？」

所持だけで死罪に値する品……。

麻薬や秘密兵器の類だろうか。

そう考えていると……国王が告げた。

「探してほしいのは、『国守りの錫杖《しゃくじょう》』だ」

「国守りの錫杖……？」

初めて聞く名前だ。

この世界に来たばかりなので、当然といえば当然だが。

そんな俺の反応を見て、国王は驚いた顔をした。

「まさか『国守りの錫杖』の強奪《ごうだつ》事件を知らんのか……？　王国史に残る大事件だぞ……？」

「山の中に住んでたからな」

どうやら『国守りの錫杖』というのは、この世界では常識レベルのアイテムのようだ。

「そういえば、そうだったな。……『国守りの錫杖』というのは、女神ミーゼスよりもたらされた、女神ミーゼス教会の聖物だ」

『聖物』というアイテムは、ＶＬＯにも存在した。

専用の祭壇に置くことで、聖物ごとに決められた効果を発揮し続けるアイテム……それが『聖物』だ。

効果範囲や効果のレベルは、『聖物』によって違うが……ひとつ確実にいえるのは『聖物』がＶＬＯでも屈指の超レアアイテムだということだ。

俺でさえ、実物は数度しか見たことがない。

「聖物か。効果は何だ？」

「効果は、ミーシス王国の全国民への加護。効果は恐らく、20パーセントの能力増強といったところだな」

「……全国民に、20パーセントだと⁉」

……ＶＬＯではあり得ない数字だ。
ＶＬＯに存在した最強の『聖物』ですら、２００名を対象に能力を３％増強する程度。
たった３％だが、対人戦ではその３％の差が物を言う。
ステータスに３％の差があるだけで、対人戦での勝率は10％以上変わるだろう。
それが、20％となると……存在自体が反則ともいえるような代物だ。

「聖物って普通、そんなに効果があるものなのか?」

「もちろん、そんなことはない。『国守りの錫杖』は、この世界に存在する『聖物』の中でもぶっちぎりの最高性能だ。……あれが女神ミーゼス教会の祭壇から奪われてからこの国は加護を失い、ミーゼス教会の影響力は急激に弱体化した」

なるほど。
それを奪ったとなれば……確かに、死罪以外ないな。

「その錫杖を奪ったのが、グラーズルってことか」

「ああ。『国守りの錫杖』は厳重な警備をかいくぐり、教会関係者8名を殺害して奪われた。犯人は見つからなかったが……グラーズルで間違いないというのが、王宮諜報部《ちょうほうぶ》の結論だ」

「王宮諜報部が、結論を出した理由は?」

「教会関係者の殺害に使われた毒だ。使われたのは、空気に溶ける毒……いわゆる、毒ガスというやつだ。毒ガスを発生させること自体は難しくないが、狙《ねら》ったタイミングで狙った場所全体に効かせて、さらに『国守りの錫杖』を盗む実行犯には効かない……となると、非常に難しい」

確かに、毒ガスはちゃんと扱おうと思えば、結構技術が必要なんだよな……。

無差別殺人に使うだけなら、簡単なのだが。

「その技術を持っているのが、グラーズル公爵家だけってことか?」

「……実際に技術があるかどうかは、判明していない。だが可能性があるのは、グラーズル公爵家くらいだ」

「国王の下にも、暗殺部隊はあるんじゃないか？」

国内で一番高い技術を持っているのは、自然に考えれば国家組織自体だろう。いくら王族とはいえ、国自体より高い技術を持っているとは考えにくい。

そう、思ったのだが……。

「私の下にも、諜報部隊はあるのだが……暗殺は専門ではなくてな。一応暗殺もできるのだが、得意分野は物理的な暗殺だ。毒はあまり得意ではない」

「……なるほど。毒はグラーズル公爵家の方が得意って訳か」

「ああ。毒に関する技術は、グラーズル公爵家が国内最高と言われている。……薬作りの得意な貴族家だからな」

毒と薬は、表裏一体だ。

薬作りの技術は、毒を作る技術にも繋《つな》がる。

薬作りが得意な貴族が、毒にも強いというのは、自然な話だな。

となると……確かに、グラーズル公爵家が犯人の第一候補ということで、間違いなさそうだ。

それが正解かどうかは、これから調べればいい。

「分かった。グラーズル公爵家の中を調べてみよう。『国守りの錫杖』を盗んだ証拠が見つかれば、グラーズル公爵を暗殺する。それでいいか？」

「ああ。それができれば理想だが……グラーズル公爵の屋敷は広いぞ？　証拠など探せるのか？」

「聖物のような強力なマジックアイテムは、何かしら痕跡を残すものだ。……それを辿《たど》れば、何とか見つけられるはずだ」

『国守りの錫杖』がグラーズル公爵邸にあれば、俺は間違いなくそれを見つけられる。

問題は、『国守りの錫杖』が、グラーズル公爵邸にない場合だな。

だが……確率は低いと見ている。


盗んだ貴重品は、見つからないように隠すに決まっている。

しかし『国守りの錫杖』ほどの品が盗まれたとなれば、凄まじい規模の捜索活動が行われるはず。

となれば……生半可な隠し方では、隠しきれない。


だが、隠し場所が大貴族――それも王家の血を引くレベルの貴族となれば、話は別だ。

大貴族の家の中を隅々まで捜索するなど、ちゃんとした容疑がなければまず不可能なはず。


さらに、広い屋敷の中に厳重に隠せば、もう見つけようがない。

グラーズル公爵にとって、自分の屋敷は最も身近で安全な、盗品の隠し場所なのだ。

……まあ、探す奴が探し方を知らなければの話なのだが。


「何とか見つけられる……無茶を言っているように聞こえるが、言っているのがレイトだと、本当みたいに聞こえるな」

「まあ、ないものは俺にも見つけようがないけどな。あれば見つけられる」

「分かった。その言葉を信じよう。……前の暗殺みたいに、魔道具で遠くから殺すのか？」

魔道具か……。

確かに、あの方法は安全で便利なんだが……事前に用意した『その魔道具で、できること』以外はできないため、柔軟性に欠けるんだよな。

不確定要素の多い状況で、捜し物をするとなると……ちょっと難しい。

「今回は、俺が直接乗り込む」

証拠探しなどせずに、グラーズル公爵を殺すだけなら、魔道具で十分なんだけどな。

まあ、これからのためによくないので、今回は真面目《まじめ》に証拠を探すとしよう。

「まさか……グラーズルの屋敷に一人で潜入して、調査と暗殺までこなすつもりか？」

俺の言葉を聞いて、ライアス国王が驚いた顔をした。

言われて見ると、確かにやることが多いな……。

しかし、足手まといがいるよりは、単独での依頼遂行のほうがよっぽどマシだ。

「ああ。一人でやる。……とはいえ、俺もいない奴を暗殺することはできない。いつ行けばグラーズル公爵が屋敷にいるのか、調べておいてもらえるか?」

今回の依頼を成功させるポイントは、調査が終わってすぐに暗殺を遂行することだ。

調査の直後に暗殺しないと、敵に守りを固める時間を与えることになる。

そのため、グラーズル公爵が自分の屋敷にいる時を狙わなければならない。


「……分かった。報酬はどうする?」


報酬か。

欲しいものは、だいたい決まっているのだが……。

ここは試しに、こう答えてみるか。

「報酬は、後で決めていいか？　いくつか候補があるんだが、まだどれが必要かはっきりしなくてな」

「……それを認めると、後からいくらでも報酬をふっかけられることになる」

俺の言葉を聞いて、国王は首を横に振った。

流石《さすが》に、後で好き勝手に報酬を決められるような契約を結ぶようでは、国王は務まらないか。

「じゃあ、３億エルス。後から俺が別の報酬を提示するかもしれないが、それが受け入れられないものだった場合、３億エルスの支払いでいい。……それでどうだ？」

これで国王が俺に払う報酬は、高くて３億だ。

俺は後で、他の報酬を提示するつもりだが……それより３億の方がマシだと思った場合、国王は３億エルスを差し出すだけで済む。

大貴族暗殺の依頼としては、まあ相場くらいだろう。

「……依頼成立だ」

国王も今度は、首を縦に振った。

暗殺依頼の契約書などを作る訳にはいかないので、所詮《しょせん》は口約束だが……魔導師サタークスの暗殺を見た後で、俺との契約を破るほど、ライアス国王は命知らずではないはずだ。

「分かった。グラーズルのスケジュール調査は、任せていいか？」

「ああ。仮のものなら、すでに手元にあるが……諜報部に真偽を確かめさせた後で、正確なものを渡そう」

「頼んだ」

国の上層部の行動を調べるなら、俺より国王がやった方がいい。

立場によって、手に入りやすい情報と手に入りにくい情報というものはあるのだ。

……とりあえずは、そのデータ待ちだな。

第二章

国王との謁見の後。

俺《おれ》は情報を集めるために、王都のミーゼス教会へと来ていた。

俺が教会に来たのは、別に女神ミーゼスに祈るためではない。

『国守りの錫杖《しゃくじょう》』に関する情報を集めるためだ。

今までの情報からいうと、『国守りの錫杖』を盗んだのは、グラーズル公爵関係者の可能性が高い。

そのため、基本的には実地調査で『国守りの錫杖』を探すつもりなのだが……『国守りの錫杖』の外見や歴史を知っておくと、探す時に役に立つかもしれない。

国王がグラーズルのスケジュールを調べる間に、こっちはこっちで下調べという訳だ。

「これが教会か……思ったより地味だな」

教会は、俺が予想していたよりだいぶ質素だった。
建物は石造りで、質実剛健という言葉が似合う造りだ。
王都の教会というと、もっと金ピカとかだと思っていたのだが。

そう考えつつ、俺は教会の中に入っていく。
教会では、すでに10人ほどの信徒たちが祈りを捧《ささ》げていた。

俺は祈りに来た訳ではないのだが、祈りも捧げずに質問だけしても、怪しまれるか。
そう考えて俺は、見よう見真似《まね》で祈りを捧げてみる。
すると……。

「あっ！　ようやく繫《つな》がりました！」

頭の中に、聞き覚えのある声が響いた。
この世界に来た時に聞いたのと同じ、女神ミーゼスの声だ。
……教会で祈ると、通信ができるのか……。

「女神ミーゼスか？」

「はい！　……使徒サタークスの討伐《とうばつ》、ありがとうございました！　サタークスを止めてもらえなければ、今頃《いまごろ》どうなっていたことか……」

サタークスの件、知ってたのか……。

やはりサタークスは悪神マスラ＝ズールの手先ってことで間違いなかったみたいだな。

というか……。

「サタークスの件を知ってたなら、もうちょっと早く連絡をする手はなかったのか……？」

魔導師サタークスの暗殺は、思ったより手こずった。

普通の魔法使いでは生き残れないような魔道具の攻撃を、いくつも防がれたのだ。

その中には、発動さえすればＶＬＯの上位プレイヤーでさえも生き残れないような魔法も含まれていた。

結果的に、俺は魔導師サタークスの暗殺に成功した。

だが、俺がもし不測の事態に備えていなければ、暗殺は失敗していただろう。

あいつの戦力に関して、もし女神ミーゼスが少しでも事前情報をくれていれば、状況はまた違った形になったはずだ。

その場合俺は、準備をもう1日延ばして、さらに強力な暗殺手段を複数用意した。

……まあ、結局暗殺が失敗した訳ではないので、そんなに女神ミーゼスを責める必要はないのだが。

そう考えていると……女神ミーゼスの申し訳なさそうな声が、頭の中に響いた。

「あの、ちゃんとサポートするつもりだったんですけど、力が足りなくて……」

「サポート？」

「はい。元々はもっと、安全で平和なところで、じっくり準備してもらうつもりだったんです……あんな魔物だらけの森の中に、放り出すつもりはなかったんです……」

ああ。

そういえば、ここに来た時に何か言ってたな……

確か、力不足で転送先の指定に失敗したんだったか。

それでたまたま、ライアス国王たちが襲われる場所に送られたというのは……運がいいというべきか、運が悪いというべきか……。

まあ、結果的には早い段階から世界の支配層と関係を持てたので、よしとしておこう。

「……あの……見捨てないでもらえますか？」

頭の中に、捨てられた子犬のような声が響いた。

とても、神の声とは思えないな……。

「心配しなくても、依頼はちゃんと遂行する。……面白《おもしろ》い世界に送ってもらったしな」

「あっ……ありがとうございます！」

女神ミーゼスの、嬉《うれ》しそうな声が聞こえる。

しかし、その声の響きが少し不安定だ。

なんというか……電波が悪い場所での、携帯電話みたいなノイズがある。


「……この通信も不安定なのか？」

「すみません。やっぱり、あんまり力がなくて……」

「信仰不足って訳か……」


この世界の神は、人々の信仰によって力を得る。

そのため、信者の少ない神は、力を失ってしまうのだ。

そして……力を失いすぎた神は、消滅する。

この世界に生きていた神のほとんどはすでに死に絶え、残っているのはこの女神ミーゼスと、
悪神マスラ・ズールだけだ。

……マスラ・ズールが本当に悪い神なのかは、俺には分からないが。

「はい。信仰不足です……」

「分かった。じゃあ今のうちに質問しよう。……『国守りの錫杖』があるのは、グラーズル公爵の館で合っているか？」

ここに来たのは元々、『国守りの錫杖』について聞くためだ。

だが、あの杖《つえ》を作った本人（本神？）がここにいるなら、本人に聞くのが一番手っ取り早い。

「そうなんです！　私の信仰が失われちゃったのは、アイツが杖を盗んだせいです！　……もしかして、暗殺するんですか？　やっちゃってください！」

どうやら、国王の言っていたことは合っていたようだな。

これで、今回の作戦が空振りという可能性はなくなる。

……女神ミーゼスから証言が得られた以上、もう証拠なんて放り出して、グラーズルを暗殺してしまってもいいのだが……国王と契約したので、一応証拠探しからやるか。

暗殺だけでなく、証拠探しなどもできるところを見せておいた方が、今後の役に立ちそうだしな。

そう考えつつ俺は、女神ミーゼスに問い返す。

「ああ。グラーズル公爵は暗殺する。……しかし『国守りの錫杖』ってのは、すさまじい効果を持つ聖物みたいだが……本当にお前が造ったのか？」

VLOには、神が造った聖物はいくつかあった。

だが『国守りの錫杖』の性能は、それらに比べても明らかに異常な性能だ。

その理由が分かれば、この戦いで優位に立てるかもしれない。

「はい。私が造りました」

「どんな手を使ったんだ？　あんなの、消えかけの女神に造れるような代物じゃないよな？」

「信じてもらえないかもしれないですけど……昔は私、この世界で一番多くの信仰を集める神だったんです。その頃《ころ》に長い時間をかけて、得られる神力のほとんどを注《そそ》ぎ込んで、あの錫杖を造りました。……他の神がマスラ・ズールに消される中で、私だけ生き残ったのも、あの錫杖のお陰だと思います」

なるほど。
昔は強い神だったのか……。
だが、それって……。

「要するに、のんびり杖を造ってる間に、世界を乗っ取られたってことか？」

昔の女神ミーゼスが強い神だったのならば、悪神マスラ・ズールが台頭する前に、いくらでも手の打ちようはあったはずだ。
女神ミーゼスはそれをせず、のんびりと錫杖を造っていたようだが。

「はっきり言わないでください！　……分かってます！　私にだって分かってるんですから……」

「……とりあえず例の杖を取り戻せば、信仰はだいぶ戻ってくるって訳だな」

こんな間抜けでも、女神ミーゼスは俺の依頼者だ。
そして、力を取り戻せば、強力な協力者にもなり得る存在だ。

悪神マスラ・ズールの使徒、魔導師サタークス。
その協力者だった、グラーズル公爵を殺す。
そして、俺の協力者である女神ミーゼスの力を取り返す。

軽く請け負った依頼だったのだが……この依頼、かなり重要だな。
絶対に、失敗する訳にはいかない。
……まあ、依頼を失敗する気なんて、最初からないんだけどな。

「はい。だからあの杖を——」

俺の言葉に答えようとする途中で、女神ミーゼスの声が途絶えた。
どうやら、通信が切れたようだ。

まあ、必要な情報は得られたので、それでよしとしよう。

そう考えて俺は、教会の中に飾られていた宗教画に目をやる。

そこには神々しくも美しい女神が、複雑な装飾の施された杖を持っている絵があった。

タイトルは『国守りの錫杖』。

ということは、あの杖が『国守りの錫杖』で、あの神々しくも美しい女神が『女神ミーゼス』ということだろう。


「……アイツが？」


俺は今まで、女神ミーゼスと直接会ったことはない。

メールやVLOのチャット、それから通信魔法のようなもので何度かやりとりをしただけだ。

その時話した印象からは、女神ミーゼスがあんな神々しい存在だとは思えなかったのだが……。

そんなことを言うと、ここにいる信徒たちに怒られてしまいそうなので、とりあえず教会を出るとするか。

信徒たちに聞きたかったことは、女神本人に教えてもらったし。

第三章

その日の夕方。

俺《おれ》はルーミア王女に呼ばれて、王宮へと来ていた。

なんでも、俺に依頼があるらしい。

「すみません。報酬の土地についてですが……現在急ピッチで取り壊しを進めてもらっています。でも、あと1週間ほどかかるかもしれません」

ルーミアは俺の顔を見るなり、そう言って頭を下げた。

どうやら土地の受け渡しに時間がかかることを気にしていたようだ。

「いや、あれだけ大きい屋敷を壊そうと思ったら、それなりに時間はかかるだろうからな。文句をつけるつもりはない」

廃棄物の処理などが面倒なので、国王が取り壊しを引き受けてくれるのは俺にとっても嬉《うれ》しい話だ。

むしろあと1週間で済ませてくれるなら、かなり急いだ方だろう。

乱暴な手を使えるなら早く済むのだが、王都のど真ん中でやる訳にもいかないしな。

「それで、依頼があるという話だったが……今度は誰《だれ》を殺せばいいんだ?」

正直なところ、王国から依頼がある可能性は想定していた。

なにしろルーミアたちは、王宮を乗っ取られるという大失敗をしでかしたのだ。

最終的には取り返したといえ、貴族などがこれ幸いと国王を糾弾しにかかるのは、全《まった》く不思議ではない。

いくら国王といえども、国内全体が味方という訳ではないだろうしな。

などと考えていると、ルーミアが答えを返してきた。

「今回の依頼は、暗殺じゃないんです。国内の政治に関しては、まずは平和的にやってみようと思います。場合によっては、暗殺をお願いすることになるかもしれませんが……」

「なるほど、賢い選択だな」

暗殺は確かに強力な外交手段だが、あまり乱用するのはおすすめできない。
過度な恐怖政治は、反乱や革命を誘発する可能性もあるからな。
まあナメられるのも考えものなので、ある程度の恐怖は必要なのだが。

「となると……王宮の警備体制構築か？」

「はい。でも……なんで分かったんですか？」

そう言ってルーミアが、驚きの目で俺を見つめる。
簡単に予想できる内容なのだが、どうやらルーミアにとっては意外だったようだ。

「箱を置くだけで王宮を守れると言われても、心配になるのは当然だからな」

俺は国王たちを守るために、王宮の中にいくつか魔道具を置いた。

あまり危険そうなものをそのまま王宮に置くわけにもいかないので、外観はどれもただの箱だ。

王宮の守りとして、頼りなく見えるのは当然だろう。

まして、あんなこと——王宮の乗っ取りがあった後だ。

暗殺対策を強化したいと思うのは、全く不思議ではない。

「ご想像の通りです。王宮内で対策を整えることも考えたのですが、みんな匙《さじ》を投げてしまって……」

「誰に頼んだんだ？」

「王国諜報部です。レイトさんとサタークスの攻防についてお話しして、対策を整えてもらおうと思ったんですが……あんな無茶苦茶な戦いをしてくる相手なんて、絶対に防げないと言われてしまって……」

まあ、王国諜報部でサタークスを防げるなら、あんなことにはなっていないよな。

油断もあったのかもしれないが、王宮内の人間を洗脳されるなど言語道断だ。王国諜報部の能力不足はまず間違いない。
むしろ『できる』などと言い張らないだけ、諜報部は誠実かもしれないな。

「それで、俺に頼もうと思った訳か」

「はい。暗殺対策を聞くには、暗殺者に聞くのが一番です。……我が国最強の暗殺者といえば、レイトさんしかいませんから」

悪くない発想だな。
暗殺対策というのは要するに、暗殺者にとって『やられて嫌なこと』を積み重ねることだ。
であれば、暗殺者のアドバイスを求めるのは当然だろう。

「求める警備のレベルは、どんなレベルだ?」

「レイトさんやサタークスが暗殺に来ても殺されない、完璧《かんぺき》な警備です」

「無理だな」

ルーミアの要望に、俺はそう即答した。

暗殺対策に完璧はない。

「えっと……それはどういうことですか？」

「文字通りの意味だ。もし俺と完全に同じ実力を持つ暗殺者がもう一人いたら、そいつの暗殺を防ぐのはまず無理だと思っていい」

正直なところ、俺は自分による暗殺を防げる自身はまったくない。

というのも、暗殺は殺すより防ぐ方がずっと難しいのだ。

殺す側はナイフを1本届かせればいいのに対して、防ぐ側は全方位からの攻撃を全《すべ》て防がなければならないのだから。

方法があるとしたら、それは一つ。

その暗殺者を先に殺してしまうことだ。

「えっと……たとえば、とても頑丈な金庫に閉じこもるとかでも……？」

「王宮の宝物庫くらいなら、3秒あれば破壊できる。別に壊さなくても、外から殺すこともできるしな」

それを聞いて、ルーミアは青ざめた。

どうやら暗殺者と一般人の間にある、暗殺に対する認識の違いは大きいようだ。

金庫に閉じこもるくらいで暗殺が防げるなら、誰も苦労はしないと思うのだが……。

「だが、他の暗殺者を防ぐ程度の対策ならできる。少なくとも、俺がいない時にサタークスを撃退できる程度ならな」

現状の警備体制では、サタークスによる暗殺は防げない。

あのレベルの化け物を追い返そうと思うと、いくら魔道具を置いたところで足りはしないのだ。

いくら通路の警備を厳重にしたところで、建物の壁や床をぶち抜いて通り抜けられれば意味はないのだから。

「じゃあ、それをお願いします！　もちろん報酬はご用意します！」

「分かった。まずはサタークスを仮想敵として、警備体制を整えよう」

◇

翌日。

俺は早速必要な魔道具を作り、搬入を指揮していた。

「そのキャビネットはこっちに運んでくれ」

「承知いたしました！」

作業には、近衛騎士団が協力してくれている。

王宮内部では、たとえ荷物運びといえども一般人という訳にはいかないらしい。

だが……。

「ぐぬ、ぐぬぬぬぬ……！」

騎士たちが6人がかりで、1台のキャビネットを運んでいる。

といっても、見た目がキャビネットに見えるというだけで、中身は暗殺対策用の魔道具なのだが。

要は、金属の塊のようなものだ。

そのため、このキャビネットは極《きわ》めて重い。

人間が運ぶような代物ではない気がする。

いくら屈強な騎士団といえども、重量数トンにも及《およ》ぶ金属塊を運べるものではないだろう。

「やっぱり、魔道具で運ぶか？」

「いえ！　なんのこれしき……！」

姫に命令を受けた騎士たちはそう言って、凄《すさ》まじい重さのキャビネットを運んでいく。
なんだか、ちょっとかわいそうになってくるな……。
そんなことを考えつつも、俺は魔道具の配置を進めていく。

「さて、魔道具はこんなものか……」

王宮の構造は、お世辞にも暗殺対策に向いているとはいえない。
サタークスの襲撃を防ぐとなると、王宮ごと作り直したい……というのが本音だ。
だが、王宮を丸ごと作り直すというのは流石《さすが》に現実的ではない。
頑丈な建物で王族を守るという方向性は、諦《あきら》めた方がいいだろう。
ということで俺は、得意分野で勝負することにした。
暗殺者が王族の元へ辿《たど》り着く前に、その暗殺者を殺す。
これが今回の警備体制の基本方針だ。
そのために俺は、王宮に置く魔道具の殺傷力を徹底的に強化することにした。

今までも俺は、いくつかの魔道具を王宮に置き、警備体制を強化していた。

だが、サタークスを殺すのに十分なレベルかと言われると、残念ながら足りないと言わざるを得ない。

そこで大量の攻撃用魔道具を配置することによって、攻撃能力を補おうという訳だ。

しかし、あのサタークスのような化け物がいる世界で、攻撃能力だけで王族を守れるとは思っていない。

最低限、遠距離からの攻撃魔法を防ぐための対策は必要だ。

そのためには壁を壊し、頑丈なものに作り直す必要があるのだが……。

「とりあえずはここまでだな。あとは王宮の部分改築の許可待ちだ」

魔道具をあらかた配置し終わったところで俺は、そう宣言した。

王宮を改築するためには、流石に別の許可が必要だとのことなので、一旦《いったん》それを待つことにしたのだ。

いくら国王の命令とあっても、貴族たちの同意を得ておかないと、後々面倒だという話だからな。

ただでさえマスラ・ズール陣営と戦わなければならない状況の中で、内部に敵を作るのは得策ではない。

とはいえ、いい『説得』の方法はすでに考えている。

できれば、それをせずに済むと嬉しいんだけどな。


そんなことを考えていると、ルーミアがやってきた。

ルーミアは俺が用意したキャビネットに興味を持ったようで、扉に手をかけて開こうとする。


だが、扉は開かない。

当然だ。あのキャビネットの中身は自動暗殺装置——つまり金属の塊だ。

キャビネットっぽい形をしているのは偽装の目的であって、実際には開いたりしない。


これが開く条件は、たった一つ。暗殺者が王宮に忍び込んだ時だ。

特に、対複数での戦闘——つまり敵が集団で殴り込んできた時に効果を発揮する。

一見ただのキャビネットだが、これ1台で100人は殺せるようなスグレモノだ。

そう考えると、ルーミアがキャビネットを突っついているのが、とても物騒な光景に見えてくるな……。

「そのキャビネットは開かないぞ」

「あ、すみません。こんなキャビネット、あったかなと思いまして……」

「暗殺用の魔道具を増やすということは、伝えていたはずだが」

俺の言葉を聞いて、ルーミアは目を丸くした。

そして、真剣な顔でキャビネットを観察し始める。

全ての扉に手をかけ、それが動かないことを確認して、ルーミアは俺に尋ねた。

「まさか、これがレイトさんの魔道具ですか?」

「ああ。王宮の見た目があまり物騒になるのもどうかと思って、見た目だけでも平和的にしてみたんだが……ダメだったか?」

前に置いた程度の魔道具であれば、適当な場所に置いてもそこまで目立つ訳ではない。

見た目はただの箱なので、花瓶《かびん》の台座にでもしておけばそれが兵器だとは分からないだろう。

だがサタークスくらいの暗殺者を対策するとなると、巨大な魔道具を大量に配置することになる。

王宮の廊下が、得体の知れない大きな箱だらけになるのだ。

流石にそれは色々とまずいということで、魔道具の外見は全て、王宮にあってもおかしくなさそうなものに偽装してある。

「とてもいいと思います！　しかし、この装飾は……誰か職人さんに依頼したのですか？」

「いや、自分で作った」

外見だけを職人に依頼するというのは、一つの案として考えていた。

俺はこの国の文化にあまり詳しくないので、どんな造形や装飾を施せば『王宮にあってもおかしくない品』になるのかを、完全には把握していないからだ。

だが、職人に作ってもらおうとすると時間がかかる。

錬金術なら加工は一瞬なので、時間を無駄にしなくて済む。

ということで一旦自分で作った上で、文句を言われたら外見だけ作り直してもらうことにしたのだ。


「こ……これをレイトさんが⁉」

「……この形で大丈夫そうか？」


偽装に使う調度品のデザインは、少しだけ悩んだ。

というのも、あまりしょぼいものを王宮に置く訳にもいかないのだ。

悩んだ末に俺は、王宮にあった調度品のデザインを観察し、それをもとに真似《まね》ることにした。

とはいえ、丸パクリするという訳ではなく、装飾の様式などを真似ただけだが。

見た目はそれっぽくなった気がするのだが……王族の目から見るとどうだろうか。


「す、素晴らしいと思います！　まさか、これを1日で作ったんですか⁉」

「ああ。俺の本職は暗殺者だが、生産型魔法は得意だからな」

「レイトさんがいいものを作るということは、あの家を見た時から知っていましたが……実用本位なデザインが専門だったと思っていたんです。こんな美しいものまで作れるだなんて……」

「このキャビネットだって実用本位だ。王宮で使うとなれば、強さを示すのも『実用性』の範疇《はんちゅう》に入るだろう？」

国王や貴族が見栄を張るのは、決して無駄などではない。

見栄すら張れない国や貴族など、誰も重要な相手だとは思わないのだから。

むしろ訪れた者に威光を示すこと自体が、王宮に置かれる家具の役目ともいえる。

王国は俺にとっても、マスラ・ズールを倒すための足がかりとなる場所だ。

その政治力のために必要なことなら、暗殺道具に装飾を施すくらいは当然だろう。

「レイトさん、家具職人としても超一流になれるんじゃ……？」

「褒めてもらえるのは光栄だが、家具職人になる気はないぞ。暗殺の方が儲《もう》かるし、家具職人の仕事を奪う必要もないからな」

装飾を施すために家具をいくつか見させてもらったが、あれは美しいものだった。
魔法による加工とは違う、丁寧な手作業の美しさだ。
あれを作った職人を失職させたいとは思わないな。

「それで、改築の件だが……大丈夫そうか？」

俺がそう尋ねると、ルーミアは申し訳なさそうな顔をした。
どうやら、あまりうまくいっていないようだな。

「貴族たちを説得するために、根回しをしているところです。今日も会議を開くことになっているんですが……反対者は少なくありません」

「会議か。……それ、俺も同行していいか？」

「大丈夫ですが……何かするつもりですか？」

「それは状況次第だな。できれば、血が流れないような形で済ませたいと思っている」

マスラ・ズールと戦うための地盤を得るにあたって、国内の政治の状況は把握しておきたいところだ。

それによって、これからの動きも変わってくる可能性がある。

暗殺と政治は切っても切り離せないものなのだ。

しかし、王宮を守るための改築を通すのに手間取るとはな……。

もしかしたら王族は、割とナメられているのかもしれない。

場合によっては、何か手を打っておいた方がいいかもしれないな。

せっかく王族を味方につけたというのに、その王族が持っている力が弱くなってしまったら、本末転倒だからな。

そう思案しつつ、俺は会議への同行を決めた。

◇

「全員集まったようですね。王宮の改築に関してですが……何か意見のある人はいますか？」

会議に集まった面々を前に、ルーミアがそう尋ねる。
国王が別件で欠席のため、議長はルーミアのようだ。

だが……あんまり雰囲気はよくないな。
貴族たちは口にこそ出さないものの、俺による王宮の改築に反対したそうな雰囲気だ。

賛成派は大体3分の1……といったところか。
残った貴族たちは、反対派のようだ。

反対派のうち半分くらいは、俺ではなくルーミアに敵意を向けている雰囲気だな。
俺に敵意を向けるのは別にいいが、ルーミアに向けるのはいただけない。
とりあえず、反対派の顔は覚えておくことにしようか。

「一つ、よろしいでしょうか?」

俺が貴族たちの顔を覚えていると、一人の男が手を上げた。

ルーミアと俺、両方に対して敵意——とまではいかないまでも、疑念を抱いているような雰囲気だな。

「はい。何ですか?　リルガミン辺境伯」

「王宮を改築させるとなると、その過程で何か変なものを壁に埋め込まれる可能性があります。その点については、どうお考えでしょうか?」

「レイトさんが裏切ると、そう言いたいのですか?」

「可能性の話です。逆にですが……なぜルーミア様は、この得体の知れない男をそこまで信用なさるのですか?」

なるほど。

確かに、疑いとしては全くもって当然だな。

何しろ王宮にいた人々が魔法によって洗脳され、王宮を乗っ取られた事件の直後なのだ。

少し考えられる奴《やつ》なら、ルーミアたちが洗脳されている可能性に思い至るだろう。

問題はこの問いに対して、ルーミアがどう答えるかだが……。

「レイトさんは信用できます。なぜならレイトさんは王宮改築などと関係なく、私たちを殺せるからです」

「……お言葉ですが、それはどういう意味でしょうか？」

「文字通りの意味です。レイトさんが私たちを殺す気なら、私たちはもうとっくに死んでいます。私やお父様を含め、全員です。だからレイトさんには、王宮に細工をする理由なんてないんです」

その方向性でいくか。

まあ、確かにルーミアが言っていることは事実だな。

そんなことをしても敵――マスラ・ズールを有利にするだけなので、粛清や虐殺を行うつもりはないが。

「なるほど。姫様のお考えは理解しました。仮にそのお話が正しいとして……彼があえて我々を殺さずに情報を引き出す可能性はあるのではないですか？　壁に盗聴用の魔道具でも埋め込めば、王国の情報は筒抜けになりますから」

「それに関しても、答えは同じです。もしレイトさんがそのつもりなら、壁なんて使わなくても盗聴はできるはずです。……ですよね、レイトさん？」

「可能です」

俺はあえて敬語を使い、そう答えた。

流石にこの場で敬語を使わないと、余計に怪しまれそうだからな。

すでに王族とは対等な関係を築けているので、普通の貴族相手の口調にこだわる理由はないのだが。

「とはいっても、信用していただくのは難しいでしょうから……実際に確かめていただくのが早いのではないかと」

「実際に……それはどういう意味ですかな、レイト……さん」

一応、敬称をつけてくれるんだな。

姫からさん付けで呼ばれている俺に対して、どう呼ぶのか迷った雰囲気だが。

そんなことを考えつつ、俺は答えを返す。

「私が皆さんをいつでも暗殺できるということを、明日の会議までに証明します。皆さんは精一杯家の防備を固めて、私の『暗殺』を迎え撃っていただければと」

その言葉を聞いて、リルガミン辺境伯は面食らったような顔をした。

俺がしたのは犯行予告だ。

貴族たちの家に忍び込み、貴族たちを『暗殺する』と宣言したのだ。

今の言葉を聞けば貴族たちは精一杯家の防御を固め、暗殺対策をするだろう。

その対策を打ち破って『暗殺』を成功させれば、貴族たちも俺が彼らを『殺せない』のではなく『殺さない』のだと理解してくれることだろう。

同時に、専門家による暗殺対策の必要性も理解してくれるのであれば、一石二鳥といっていい。

「この人数を、一人で殺すと……？　それも一晩で？」

「少し忙しくなりますが、十分に可能です。もちろん実際には殺さないのでご安心ください」

今回の犯行予告は、俺に敵意がないことを示すのが目的だ。

実際に殺しては意味が全くない。

殺せることをアピールしつつ、実際には全く無害な方法が望ましいだろう。設備破壊なども避けたいところだな。

設備を壊すことなく、気付かれることもない……となると殺すのより難易度は高くなるが、まあ何とかなるはずだ。

家の警備レベルによっては破壊を伴わない方法での『暗殺』は難しくなるが、彼らが会議に出てくるのであれば、王宮まで来る必要がある。

その移動中を狙《ねら》えば『暗殺する』のは全くもって簡単だ。

とはいえ、家にいるところを暗殺される方がインパクトはありそうなので、できれば家にいるところを狙いたいが。


「……分かりました。できると言うのなら、やってみてください」


リルガミン辺境伯は半信半疑という顔で、そう答えた。

どうやら俺は今日中に、この場にいる貴族たち全員を暗殺するだけの魔道具を作る必要があるらしい。

会議に来た時に考えていたのとは違う形になったが……これはこれでありかもしれないな。

◇

翌朝。
リルガミン辺境伯は寝不足で血走った目で、出かける準備をしていた。

「結局、何もなかったな……」

あのレイトという男が優秀な暗殺者だということは調べがついている。
とはいえ、家に閉じこもったままの者を殺すのは難しいだろう。

レイトという男は、こちらに対して敵意がないことをアピールしたいような雰囲気だった。
となれば、家を破壊してまでの侵入はしてこないはずだ。
そこでリルガミン辺境伯は部屋を完全に封鎖し、一睡もしないという選択肢を選んだのだ。

食料は全てその部屋に持ち込み、食事を運ぶメイドさえ部屋には入れなかった。
これはメイドに扮した暗殺者が紛《まぎ》れ込《こ》むことを防ぐと同時に、毒をもられることへの対策でもある。

暗殺対策は完璧と言っていいだろう。

実のところ辺境伯は、暗殺者レイトを敵視している訳ではない。

ただ単に、得体の知れない者に王宮を握られるのを警戒しているだけだ。

暗殺者レイトが持つ影響力の拡大は、あまりに早すぎる。

彼が本当に貴族全員を『暗殺』できるだけの力を持っているのなら、王宮の判断も不思議ではないが……流石に一人の男がそこまでの力を持てる訳がない。

それを証明すべく彼は、できる限りの暗殺対策を整えたという訳だ。


「辺境伯、出発の時間でございます」

「分かった。用意はしてあるだろうな？」

「もちろんでございます」

辺境伯が一番警戒しているのは、移動中だ。

いくら屋敷の警備を固めていようとも、王宮までの移動では馬車を使わざるを得ない。

屋敷に比べれば、はるかに無防備なのは確かだ。
そこで馬車に関しても、特注の防御態勢を組んだ。
馬車の乗り心地は悪くなるが……そのくらいは我慢すべきだろう。

そう考えていると、馬車が屋敷へ入ってきた。
普段であれば屋敷の中に馬車を入れたりはしない。

だが屋敷の外で馬車に乗り降りするとなれば、暗殺者にとっては絶好のチャンスだ。
それを防ぐために辺境伯は屋敷の絨毯《じゅうたん》を一時的に撤去し、馬車を家の中に乗り入れさせたのだ。

「分かった。では行くとしようか」

屋敷の扉が閉まったのを確認し、辺境伯は馬車へ乗り込もうとする。
その瞬間——辺境伯は右足に、わずかな違和感を覚えた。
靴の中に、何かが入っているような気がする。

「少し待ってくれ」

そう言って辺境伯は靴を脱ぎ、引っくり返した。
すると靴の中からは、1枚の丸まった紙が出てきた。

「なっ……」

紙には、『毒針』と書かれている。
その意図は明白だ。
もし靴の中にあったのが紙ではなく毒針だったら、辺境伯は間違いなく死んでいた。

「一体いつの間に……!」

辺境伯は襲撃を警戒して一日中起きていたため、靴を脱いですらいない。
さらにいえば、その靴を履《は》いた辺境伯は、家の中に閉じこもっていたのだ。
にもかかわらず暗殺者レイトは、靴の中に毒針(の代わりの紙)を仕込んだ訳だ。

「訳が分からん……」

あまりの不可解さに、辺境伯は首をかしげる。

唯一分かることは、暗殺者レイトとの勝負は負けだということだ。

◇

会議で挑戦状を叩《たた》きつけた翌日。

俺は王宮の会議室で、王宮改築の許可についての会議に出ていた。

「さて、一晩経った訳ですが……私の言葉が正しかったことは、分かっていただけたようですね」

ルーミアの言葉に反対する者は、誰もいなかった。

俺は何事もなく全員の『暗殺』に成功したのだ。

徹夜をしていた者もいたので、何人かは眠そうな顔だ。

そして、それとは別に――あからさまに顔色の悪い者が結構な人数いる。

とはいっても、別に俺が毒を盛った訳ではないのだが。

「ライズル伯爵、顔色が優れないようですが……何かありましたか？」

「い、いえ！　何もございません。何も問題はありませんとも、ええ！」

「ならよかったです。ついでなので……レイトさんが王宮を改築することに関して、あなたの考えを聞かせてください」

「も、もちろん賛成ですとも。彼ほどの能力を持った暗殺者はいないと、昨日は思い知らされましたよ！」

ルーミアに顔色のことを指摘されると、ライズル伯爵はビクビクしたような様子でそう答えた。

その表情にあるのは焦《あせ》りや恐怖だけだ。

俺たちに対する敵意はすでに微塵《みじん》も残っていない。


彼が焦っている理由は簡単だ。

ライズル伯爵は貴族の立場を利用して、汚職を働いていたのだ。


暗殺のために忍び込んでいた魔道具を介して俺は、そのことに気付いた。

そこで彼を『暗殺』するついでに、彼が持っていた裏帳簿の上に『素敵な帳簿ですね』と書いた手紙を置いておいたのだ。

わざわざ『暗殺者』と同じ筆跡で手紙を残したので、手紙を置いた犯人が俺だということにライズル伯爵は気付いているのだろう。


貴族の汚職が発覚すれば彼は処刑、家は取り潰《つぶ》しになる。

ライズル伯爵は、俺に最悪の弱みを握られたという訳だ。


俺は汚職のことをすぐにバラすつもりはない。

弱みを握った貴族は、利用できる。

利用するだけして、その後の対処を決めることにしよう。

同様の貴族は、他にも何人かいる。

というか、俺やルーミアに対して敵意を抱いていた貴族のうち半分くらいがそうだ。

後ろ暗いことがあったからこそ、今の態勢が変わりそうなことに拒否感を抱いた――というのが、反発の真相だったようだな。

「あー……レイトさんに、一つ質問していいですか？」

「どうぞ、リルガミン辺境伯」

「私は一度も靴を脱がなかったはずだ。靴自体を切った痕跡もない。だというのに……なぜ私の靴にあの紙を仕込めたんだ？」

ああ、靴の方法か。

暗殺方法を人にバラすのは、あまりよくないのだが……あのくらい基本的で単純な方法なら、話しても問題ないか。

信用してもらうためには、少しくらい情報を出した方がいいしな。

「簡単な話ですよ。小さな魔道具を部屋に潜り込ませて、気付かれないように足元から忍び寄り、紙を靴の中に放り込んだんです」

「……私の部屋は密室だったはずだが……？」

「扉の鍵《かぎ》を閉めた程度では、とても密室とは呼べませんよ。これを見てください」

そう言って俺は、1枚の紙片を机の上に置いた。

魔法陣が書き込まれたその紙片は、俺が手を離すと生き物のように動き始めた。

「この魔道具に大した力はありませんが、針くらいなら運べます。そして……」

俺は紙片を操作し、部屋の出口へと向かわせる。

そして、扉の下にあった隙間《すきま》をくぐらせ、部屋の外へと出す。

「私の部屋には、こうして潜り込んだという訳か」

「そういうことです。もちろん通れるのは、扉の隙間だけではありません。……あちらを見てください」

俺はそう言いながら、部屋の通気孔を指す。

すると先ほど部屋を出ていった紙片が、通気孔から出てきた。

「もしやこの魔道具には、監視能力もあるのか？」

「視覚や聴覚は持っていますよ。でなければ、まともに操作なんてできませんから」

「……なるほど。姫様が言っていた意味が分かったよ。確かにレイトさんが王宮での会話を盗聴したいとしても、壁に細工などする必要はなさそうだ」

「信用していただけるということですか？」

「ああ。もしレイトさんが敵ならこの国は確実に滅ぶ。だったら、味方であることに賭《か》けるほかはないだろう」


どうやら状況は、正しく理解してもらえたようだな。

そう思案しつつ俺は、ルーミアに目配せをする。

彼女はすぐに意図を察したようで、会議室全体に向けて宣言した。


「では採決に移りましょう。レイトさんによる王宮改築に賛成の方は、手を上げてください」


ルーミアの言葉で、全員が手を上げた。

どうやら、ある程度の信頼は勝ち取れたようだな。

信頼というには少々強引《ごういん》なやり方だが……ちゃんとした信頼関係は、これから作っていけばいい。


許可さえもらってしまえば、王宮の改築自体は全く難しくない。

王宮の安全性は、すぐにでも改善できるだろう。

第四章

数日後。
王宮の改築を終えた俺《おれ》は、王都の一角にある巨大な土地へと来ていた。
国王から、前回の暗殺の報酬としてもらう土地を受け取るためだ。

「こちらが、権利書になります。ご確認を」

そう言って文官が、俺に書類を手渡す。
今回は土地の受け渡しだけなので、国王本人は来ていない。
俺は書類に書かれている内容を確認し、サインをする。

「ここって元々は、家が建ってた場所だよな？　……随分早く、更地になったんだな」

「国王陛下から、急いで報酬をお渡ししろとのご命令がありまして。……お急ぎではなかったのですか？」

「……確かに、早く受け取れるならありがたいな」

どうやらライアス国王が、俺に配慮して解体を早めてくれたようだ。

グラーズル公爵のスケジュールは、あの後で伝えられたが……公爵が屋敷に戻ってくるまでには、あと7日ほどかかるらしい。

ということで……暗殺に取りかかる前に、建築といくか。

「土地と一緒に、建材ももらえるって話だったが……建材の準備は、時間がかかりそうか？」

「いえ、建材も今運んでいるところでして、そろそろ届くと思います！」

そう話していると……俺の土地に面した大通りを、5台ほどの荷馬車が走ってきた。

荷馬車には、大量の木や石、鉄などが積まれている。

「……たいした量だな」

そう言って俺は、荷馬車から荷物が下ろされて、受け取ったばかりの土地に積まれていくのを眺める。

運ばれてきた物資は、すでに俺が森の中に建てた家の3倍近い量だ。

これだけの材料を集めるのはなかなか骨が折れるので、調達してもらえるのは助かるな。

まあ、土地の広さを考えると、もっと大量の建材が必要なのだが。

そう考えつつ、荷物の搬入を眺めていると……全《すべ》ての荷台が空になって、元来た道を戻っていった。

「国王からの材料は、これで全部か？」

「いえ、まだまだ来ますよ！　……これだけ広い土地となると、大量の建材が必要ですから！」

そう言って文官が、街道の方を見る。

すると……少しして、先ほどより大きい荷馬車が10台ほど走ってきた。

どうやら、さっき運ばれてきた荷物は、全体のほんの一部に過ぎなかったようだ。

「……こんな大量の建材、この短期間でよく用意できたな」

「実は魔導師サタークスの命令で、大量の建材を用意していたんです。なんでも、新たに神殿を作るという話で……」

なるほど。

女神ミーゼスを倒すためにサタークスが準備していたことが、ここで役に立ったという訳か。

サタークスに感謝しておこう。

そう考えつつ、様子を見守っていると……荷馬車は何往復もして、どんどん資材を運び込む。

そして、数時間も経《た》ってようやく、荷馬車の列が途切れた。

「提供の資材は、以上とのことです。ご満足いただけましたか？」

そう言って文官は、土地の一角にうず高く積まれた鉄と、木材と、石材を指す。

期待していたのに比べて、ずっと多い。

これだけあれば、家と工房、それと倉庫くらいは作れるだろう。

特に、鉄が多いのはありがたい。耐火性や耐久性を考えると、鉄は大量に必要になるからな。

「ああ。正直、期待した以上だ」

そう言って俺は、受け取り証にサインをする。

そんな俺の元に……もう1台、荷馬車がやってきた。

荷馬車には、大量の魔石が積まれている。

恐らく、500個くらいはあるだろう。

しかも質が結構いい。このレベルの魔石なら、家の設備にも使える。

「……これは?」

国王がくれる資材は、鉄と木と石だ。

契約では、そう決めたはずだった。

だが……。

「これも、レイト様に渡せとのご命令です」

「依頼報酬に、魔石なんて入ってたか？」

「いえ。報酬とは別に、依頼の際に経費を負担させてしまったので、その補填《ほてん》だそうです」

経費？

そんなもの、負担した覚えはないのだが。

「非常に高価なアイテムを、いくつも使っていただいたとのことです。……本来なら同じものをお返ししたいところ、現物が手に入らないため、これを代わりに渡してくれと……。もしご満足いただけなければ、なんとかして同じものを調達するとのことですが……魔石で許していただけますか？」

非常に効果で、手に入らないアイテム……。

ああ、国王たちを助ける時に使った、ポーションのことか。

あんな雑に作ったポーションが魔石に変わるなら、すごくありがたい。

ライアス国王も、俺ならポーションくらいは簡単に作れると知っているはずだが……それを分かった上で、ポーションではなく魔石を渡してくれたのかもしれないな。

「俺にとっては、この魔石の方がいい。国王にお礼を伝えておいてくれ」

「ご配慮、痛み入ります」

配慮とかじゃなくて、本当にこの方がいいんだけどな。

そう考えつつ、俺は資材を眺める。

さて……どんな工房にしよう。

◇

「さて、やるか」

文官と荷馬車が、王宮の方へと帰っていくのを見送った後。

俺は報酬としてもらった木材の中で、最も長いものを手に取っていた。

「……結構、何とかなるもんだな」

そう言って俺は、長さ10メートル以上もある、巨大な木材を持ち上げる。

どうやらVLO時代と同じく、生産職はパワーがあるようだ。

流石《さすが》に重い木材を振り回したりはできないが、

「まずは、機密保持……っと」

そう言って俺は、土地の外周部に沿って木の柱を立て、魔法でしっかりと固定していく。

そして、できあがった骨組みに、市場で買ってきた黒い布をかぶせて、目隠し代わりにした。

これで外からは、俺が何をやっているのか見えないという訳だ。

さらに……。

「結界」

俺は魔石を使って、黒い結界魔法を張った。
この魔法は、防御力をほとんど持たない。
ただ、中の様子が分からなくなるだけだ。

布をかぶせずいきなり結界を張ってもいいのだが、それだと何かの拍子で結界が破れたりすると、中が丸見えになってしまう。
この家は、俺にとって重要な拠点になるため、隠し部屋なども用意する予定だ。
だから建築の前には、こうして周囲の目を防ぐ必要がある。

「変形」

俺は、目隠しが完成したのを確認すると……もらった鉄の一部を、ノコギリへと変形させた。
変形魔法は、鉄の加工で何度も使うため、魔力にはあまり余裕がない。

ノコギリで何とかなるところは、ノコギリで何とかする。

生産職のスキルには、ノコギリの扱いを上達させるようなものもあるので……いくら木材が大量にあるとはいっても、何とかなるだろう。

森の家を建てた時と違って、今回はまともな鉄がいっぱいあるから、いいノコギリが作れるし。


それと同時に……。

「CAD《キャド》」


俺はそう言って、設計魔法を起動した。

CADというのは、機械や建築物を設計するためのコンピューターソフトだ。

この世界にコンピューターはないが、CADの機能を魔法で実現したのが、この設計魔法。

流石に強度計算などの機能はついていないので、強度面などは自分で考える必要があるが……これがあるとないとでは、設計の効率が大きく変わってくる。

森に建てたような小さな家なら、何となくで適当に建てても何とかなるものだが、大きい工房や隠し部屋つきの拠点となると、設計なしでやる訳にはいかないからな。


この設計魔法があれば、理論上はどんな家でも設計できる。

とはいえ……一から図面を描いていると、時間がいくらあっても足りない。

そこで今回は、ちょっと手を抜くことにする。


「ファイル展開……レイト第二工房」


俺がそう唱えるとＣＡＤの画面に、工房の図面が表示された。

これは俺が以前ＶＬＯで建てた巨大工房、その名も『レイト第二工房』の図面だ。

『レイト第二工房』は、今回もらった土地の10倍以上の面積と、莫大な量のレア資材を必要とする巨大工房だ。

流石に、この図面をそのまま建築するとなると、材料も時間も、何もかも足りない。

そもそも『レイト第二工房』のほとんどの設備は、普通使わないようなレア素材を加工したり、普通やらないレベルの特殊加工を行うための設備だ。

それを使えるだけの環境が整うには、まだまだ年単位の時間がかかるだろう。

「基礎鍛冶工房、基礎繊維工房、基礎錬金工房、それと……」

俺は手に入りそうな素材や、これから作りたいものについて考えつつ、必要な設備を割り出していく。

あまりレベルの高い設備を作っても、必要な素材が手に入らなければ意味がない。

まずは手が届くところからだ。

そして、必要な設備が分かったところで……。

「こんな感じだな」

俺は『レイト第二工房』の図面から、必要な区画の図面を取り出して、どんどん組み合わせていく。

大型工房の設計をもとに、小型の拠点を作るようなことは、ＶＬＯでも何度かやっている。

土地も予定よりは広めなので、設計がやりやすい。

「ここをちょっと調整して……できた！」

俺はしばらく図面と格闘していたが……30分ほどで、満足のいく形になった。
防火性、耐久性、いざという時の避難場所……。
どれをとっても、申し分ない。

そして……一番大事なのが、隠し部屋への入り口と、防御設備だ。

今回の工房は、王都のど真ん中にある。
誰《だれ》か……たとえば国王や地元の薬師などが、工房を見たいと言ってくる可能性は高い。
そのため……地上の区画は全て、見られてもいいようにという形で作っている。
機密性の高い場所は全て、地下に作るという訳だ。
実質的に、この工房の本体は地下区画になる。

これで、表向きは無害で平凡な生産職を演じつつ、高度な製作を行うことができる。

「さて。あとは建てるだけか」

設計さえ終わってしまえば、あとはただの作業だ。
とりあえず、居住スペースは今日中に終わりそうだな。
工房の方は、もうちょっと時間がかかりそうだが。

◇

それから3日後。

何もなかった土地には、立派な工房と倉庫、それから居住区が完成していた。
居住区は1日で終わったが、工房には配管や消火設備などが必要なため、それなりに手間がかかった。

だが、何より時間がかかったのが……防御設備だ。

この工房と屋敷は、これから地下に作る工房本体を守る役目もある。
そのため、この工房には十分な……いや、過剰ともいえるほどの防御設備を置いた。

「我ながら、えげつないものができた……」

表向き、この工房はただの工房に見える。
だが、壁をはがしたり、天井《てんじょう》の隠し扉をめくってみたりすれば……そこは暗殺用の魔道具だらけだ。

毒針、毒ガス、爆破《ばくは》装置、結界装置、魔法粒子砲、霊魂破壊……。
殺意の塊のような防御装置たちが、侵入者を待ち構えている。
俺自身でさえ、この工房に侵入して、無事に地下区画の入り口まで辿《たど》り着く自信がない。

この屋敷の地下区画は、恐らく王都で最も安全な場所だろう。

「解除」

俺は家の周囲に変な魔力が漏《も》れていないのを確認して、結界魔法を切った。
そして、家の周りに張り巡らせた、目隠し用の布を取り払っていく。

「あそこ……3日前まで更地だったよな⁉」

「立派な家が建ってる！」

「布で覆《おお》われてるのは見たが……あそこ、工事してたのか⁉」

「それにしても、3日で建つ規模じゃないだろう……」

家の姿を見て、近隣の住民たちがざわめき始めた。
……まあ、王都の大きい工房なのだから、建てた直後に目立ってしまうのは仕方がないか。
外から見るぶんには普通の工房なので、そのうち話題になることもなくなることだろう。
家は何とかなったので、次は暗殺の準備だな。
グラーズル公爵が領地に戻ってくるのは明後日の朝だが、それまでには暗殺の準備を終わらせておきたいので、明日は準備だ。
暗殺のために、地図も受け取らなくちゃいけないしな。

第五章

翌日。

俺《おれ》は地図を受け取るべく、国王の手紙を読み王都のとある喫茶店《きっさてん》へと向かっていた。

地図……特に、大貴族の屋敷があるような場所の地図は機密性が高く、一般には出回っていないらしい。

そのため、王宮の隠密《おんみつ》部の拠点に行って、直接受け取ってほしいとのことだ。

……というのは、恐らく建前《たてまえ》だろう。

ただ地図を渡したいだけであれば、国王が隠密部から受け取って、そのまま俺に渡せばいいだけだ。

わざわざ俺が、隠密部の拠点に出向く必要はない。

俺をここに呼んだということは……俺と隠密を会わせておきたいということだろう。

いくら魔導師サタークスの暗殺に成功したといっても、暗殺者としての俺の実力は、国王からすれば未知数だろうからな。
本当に俺の実力が足りているかどうか、国王の隠密部に判定してもらう……といったところか。

敵意はないだろうが、一応用心するに越したことはないな。
国王が俺を攻撃するつもりでなくても、隠密が洗脳されている可能性もあるし。

「……ここか」

考えつつ歩いていると、国王に指定された喫茶店が見えてきた。
店の名前は、『喫茶《きっさ》ルミヤルン』。
なんてことのない、普通の名前だ。

だが……入り口の近くに、魔道具の反応がある。
恐らく、遠隔操作で発動するタイプの爆発《ばくはつ》系魔道具だ。
敵組織などによって拠点が襲撃を受けた時のために使う魔道具だろう。

その用心自体は正しいのだが……侵入者対策に魔道具を使うなら、もうちょっと魔力反応を抑えた方がいいな。

あそこに仕掛けられた爆発系魔道具は、ちょっと目立ちすぎる。

これでは、まともな探知能力のある奴《やつ》には対策をされてしまうはずだ。


そんなことを考えつつ、俺は喫茶店へと歩いていく。

喫茶店の入り口には、『本日休業』と書かれた札がぶらさがっていたが……俺が扉の前に立つと、扉は開いた。

どうやら、自動開閉装置がつけられているようだ。


「ようこそ、レイト様」


喫茶店の中には、３人の男がいた。

服装や動きからして、恐らく全員が隠密だ。

実力は……お察しといったところだが、まあ暗殺専門の隠密ではないだろうから、暗殺者基準で実力を測っても仕方がないか。

「すみませんが、中に入っていただけますか？　……外に声が聞こえるといけませんので」

「分かった」

俺はそう言って、喫茶店の中に入る。
爆発系魔道具がいつ発動しても大丈夫なように気をつけながら。

「ありがとうございます」

俺が中に入ると、喫茶店の入り口の扉が閉まった。
それと同時に、入り口には防音魔法が展開される。
一応、盗聴対策はしているという訳か。

「先日は、我らがふがいないばかりにご迷惑をおかけして、誠に申し訳ありませんでした」

防音魔法が発動してすぐ、男のうち一人が俺の前に進み出て、そう言って頭を下げた。

ご迷惑というと……。

「魔導師サタークスの件についての話か？」

「はい。王宮には我らがいたにもかかわらず、あのような者に侵入を許した上、危うく国王陛下まで暗殺されるところでした。……せめて事後処理くらいは我らがやるべきところ、奴の暗殺までレイト様にお任せすることに……」

確かにあの件は、王宮隠密部の面目丸潰《つぶ》れって感じだよな……。
隠密たちが殺されていないということは、恐らくあの事件が起きた時には、ここにいる隠密たちも魔導師サタークスによって操《あやつ》られていたのだろう。

だが……正直、それは仕方がなかったのかもしれない。
魔導師サタークスは、俺から見ても規格外の化け物だった。
まあ、化け物相手でも暗殺を成功しなければならないのが、隠密という仕事な訳だが。

「あの件は気にしなくていい。俺もちゃんと報酬をもらってるからな」

「そう伺《うかが》っていますが……今回は名誉挽回のため、精一杯協力させていただきます」


ああ、やっぱりそう来るのか……。

まあ国を代表するような大貴族の暗殺を単独で遂行する……などと聞いたら、不安になるのも分からないではない。

協力者を用意したいというのも、ある意味当然の配慮だろう。


だが今回に限っては、大きなお世話というやつだ。

潜入しての調査、暗殺となると……大事なのは人数ではなく、暗殺者の質だ。

低レベルな暗殺者が何人もいると、見つかりやすくなって逆効果になってしまう。


「……俺は、地図を受け取りに来た。依頼は単独で遂行すると、伝えていなかったか？」

「はい。基本的には、地図だけをお渡しすればいいと伺っています。……しかし同時に、もしレイト様が必要とする場合には、最大限の協力をしろとのご命令も受けています」

なるほど。

俺が必要とすれば、この隠密たちはついてくるという訳か。

……うーん。

でも、今回人手が必要なのって、荷物運びくらいなんだよな。

その荷物運びも、魔道具を使えば一人で何とかなる量なので、別に協力は必要ない。

よく分からない隠密に、魔道具を任せるつもりもないし。

「悪いが、協力は地図だけで十分だ。依頼は一人で遂行する」

「……失礼ですが、理由を伺っても？」

「今回の暗殺は、少数精鋭じゃなきゃダメだ。ただ殺すのとは訳が違う。情報集めからだからな」

俺の言葉を聞いて、隠密の男は目を細めた。

それから、俺に問う。

「王宮の隠密部からは、最精鋭の隠密3人のみを出します。レイト様を合わせても4人。……少数精鋭とはいえませんか？」

最精鋭か。

その質次第では、使えるかもしれないが……。

「その最精鋭って、お前たちのことじゃないよな？」

「ご明察です。……いかがですか？」

残念ながら、ここにいる隠密たちはあまり暗殺向きではなさそうだ。

というか、あんな分かりやすい罠《わな》を入り口に仕掛けている時点で、この隠密部のレベルはたかが知れている。

今回の依頼に連れて行ける人材ではないな……。

「悪いが、お前らに命を預ける気にはならない」

「我らが信用できないということでしたら、契約の魔法でも何でも――」

どうやら隠密の男は、俺の言葉を信用の話だと思ったようだ。

だが残念ながら、問題は違う。

とはいえ、ただ言っただけでは理解できないだろう。

ということで……こういう場面のために仕込んでいた準備を使うことにした。

「信用じゃなくて、実力の問題だ。……お前ら、天井《てんじょう》を見てみろ」

「……罠ですか？」

俺の言葉を聞いても、隠密たちは動こうとしなかった。

天井や壁に気を取らせて、その間に攻撃を仕掛けるのは、暗殺者の常套《じょうとう》手段だ。

それに引っかかるかどうか、俺が試したと思ったのだろう。

確かに、今この場面で全員が天井を見るようでは、暗殺者失格だが……残念ながら彼らは、上を向かなくても暗殺者失格だ。

「罠じゃないから、見てみろ」

俺がそう告げると、ようやく隠密たちは天井を見た。

そして……困惑の声を上げる。

「あ……あれは何ですか？」

そう言って隠密の男が、天井に張り付いていた蜘蛛《くも》……の形をした魔道具を指した。

魔道具は、音もなく天井にへばりついている。

「暗殺用の魔道具だ。……俺が虫や動物の形をした魔道具を暗殺に使ったことくらいは、お前たちも知ってるよな？」

「はい。……これが、その魔道具ですか？」

「そういうことだ。俺が命令を下せば、こいつは即座に針を発射できる。この魔道具は、俺が部屋に入った時から天井に張り付いていた」

そう言って俺が手を振り下ろすと、蜘蛛形の魔物から針が発射された。

発射音は皆無。

それを見た隠密たちは、冷静なふりをしているが……よく見ると、冷や汗をかいている。

もし俺が言わなければ、あの針を避けられなかったことくらい、彼らにも分かるということだろう。

「これで分かったか？　せめて自分たちの拠点くらいちゃんと守れるようになってから、参加を申し出てくれ」

ここは王宮隠密部の拠点……つまり、ホームグラウンドだ。

その拠点で、今日初めて来る俺に、３人の隠密全員が殺される。

もし俺がそのつもりだったら、間違いなくそういう事態になっていた。

「それと、あのポット……あれは冗談のつもりか?」

そう言って俺は、入り口のポットを指す。

言うまでもなく……喫茶店の外からでも分かるような魔力を発していた、爆発魔法入りのポットだ。

「冗談……?」

「あのポットが爆発系魔道具なのは、分かってるよな?」

「もちろんです。あれは侵入者を確実に殺すために、我々が仕掛けたものなのですから」

やっぱりか。

あの位置に罠を仕掛けるという発想自体は悪くないが……やり方があまりにもお粗末だ。

魔道具は暗殺の有用な道具だが、適当に使えばいいというものではない。

「……魔道具を使うのはいいが、見た目だけではなく魔力も隠しておけ。これじゃ、店の外からでも罠がバレバレだ」

「店の外から……特殊な計器でも使っているんですか？」

「いや、ただ見れば分かる」

この様子だとどうやら、魔力を使って魔道具を探知することは、この世界ではあまり行われていないようだ。

だが、相手もそうだとは限らない。

魔導師サタークスは、ＶＬＯの上位プレイヤーでも使えないような魔法で『霊魂破壊』を防いだ。

ああいった芸当ができる人間が、他にいてもおかしくはない。

そんな時……今の隠密たちでは、手も足も出ないだろう。

「ってことで、今のお前たちじゃ力不足だ。分かったら地図だけ渡してくれ」

そう言って俺は、広げた手を差し出した。

隠密の一人は、敗北感に満ちた顔で、地図を渡してくれた。

どうやら、力不足の自覚はできたようだな。


本来なら地図さえ受け取れば、これで用済みなのだが……ミーシス王国を拠点にする以上、これから隠密たちと協力する可能性も高い。

俺一人では、どうしてもできることに限界があるからな。

ということで……。


「最後に、宿題をやろう」

「宿題……？」


俺の言葉を聞いて、隠密の男が怪訝《けげん》な顔をする。

そんな隠密の男に……俺は、先ほど見せた蜘蛛形の魔道具を差し出した。

「この魔道具、好きに解体していいぞ。移動用の魔道具や攻撃用魔道具、それに小型の魔法計器まで、色々積んである。勉強になるはずだ」

俺が作った魔道具は基本的に、高度な付与や錬金を使って作ったものだ。

そのため、解体しても構造などは理解できないだろう。

だが、この蜘蛛の魔道具は、こうなることを予想して、わざと低レベルな造りにしてある。

そのまま再現できるかというと、恐らく無理だろうが……勉強にはなるはずだ。

「……解体って……いいのですか？　私たちは、いつまでもレイトさんの味方とは限りませんよ？」

隠密の男は魔道具を見て、そう尋ねる。

確かに、技術を教えることにはリスクがある。

もし国王が俺を邪魔だと思った場合……この隠密たちが俺を暗殺しに来る可能性だって、十分考えられる。

そんな時、隠密たちの技術が上がっていたら、危険性は増す。

だが……。

「問題ない。どうせ結果は変わらないからな」

「……次に会う時も、同じことが言えるといいですね」

そう言って隠密の男が、魔道具を受け取った。

やる気があるのはいいことだな。

「ああ。……強くなってくれる日を、楽しみにしている」

そう言って俺は喫茶店を出た。

次に会う時には、彼らがもうちょっとマシな隠密になってくれていることを祈ろう。

そう考えつつ俺は、さっきもらった地図を開いた。

地図には、グラーズル公爵邸の周辺地図が描かれている。

だが……。
「分かってない部分が多いな」
地図にはあちこち空白があった。
特に、グラーズル公爵邸に近い場所は、ほとんど空白だ。
これも王宮隠密部の、調査能力の不足が原因か……。
本当に、早く役に立つようになってもらわないとな。
まあ、下調べも仕事のうちだ。
とりあえず、現地の近くに行くとするか。
王宮隠密部がこの有様《ありさま》では、王都にはろくな情報がないだろう。
結局のところ、実地調査しかないという訳だ。
そう考えながら歩くうちに、俺は家の倉庫へと到着した。

倉庫の隅には、いくつかの木箱が積んである。

「今回は……これと、これと、それから……この辺でいくか」

俺はそう呟《つぶや》いて、木箱を4つ、荷車に積んだ。

この木箱の中身は、暗殺道具だ。

暗殺に必要な道具は、受ける依頼によって違う。

そのため、暗殺ごとに必要な道具を準備することも多いが……それでも、よく使う魔道具というのはある。

そういったものを事前に木箱に詰めておくことで、依頼を受けた時にすぐ動けるという訳だ。

とはいえ……今倉庫にある木箱は、15個ほどもある。

木箱は一つ一つが俺の背の高さほどもあるので、これを全部持っていこうとすると、すごく目立ってしまう。

自然に持ち運べる数となると、4つがいいところだろう。

軽い木箱であれば、３つや４つを積んでいる荷車は、時々見かけるし。

そう考えつつ、俺は荷車を引いて倉庫を出た。


この荷車は、外見こそ普通の荷車だが、中身は特別製だ。

内部に動力用の魔道具が入っていて、重い木箱を、まるで空箱のように運ぶことができる。

さらに、非常用の防御装置や、動力となる魔道具の隠蔽《いんぺい》装置なども積んだ優れものだ。

見た目こそ、俺が荷車を引いているように見えるだろうが……実際のところ、この荷車はほとんど力を入れなくても動く。

むしろ荷車に押してもらうような形で、体力を節約することができる。


これがなければ俺は、馬にでも荷物を引かせる必要があっただろう。

馬というのは走るのが速い動物のイメージがあるが……それは短距離の話だ。

人間ほど長距離移動に向いた生き物は、中々いない。

だから荷車で移動するのが、一番早いのだ。

「よし、行くか」

俺は荷車の調子を確認すると、倉庫を出て鍵《かぎ》をかけた。

グラーズル公爵の屋敷は、ここから歩いて半日ほどの場所にあるらしい。

今から行けば、日が暮れる頃《ころ》には到着できるだろう。

第六章

王都を出発してから数時間後。

俺《おれ》はグラーズル伯爵邸から10キロほど離れた、海岸へと来ていた。


「さて……この辺でいいか」


俺が今いる場所は、海に面した森だ。

森には魔物が出るし、地面には塩分が混ざるため、このあたりの土地は農業にも使えない。

そのせいで、このあたりには全《まった》く人影がない。

つまり、人に見つからずに準備ができるという訳だ。

グラーズル公爵邸が海に面しているのは、ラッキーだ。

公爵の住んでいる場所というだけあって、陸路はなかなか警備が厳しい。

だが、陸と違って海は移動がしにくく、しかも陸地と違って、検問所を建てたりできない。

そのため、海は侵入ルートに適しているのだ。

まあグラーズル公爵ほどの大貴族なら、海にもそれなりの警備はしているだろうが。


そんなことを考えつつ、俺は荷車から荷物を下ろし、鍵《かぎ》を開けて中身を取り出した。

「……こんなの、本当に使うか……？」


中から出てきた魔道具を見て、俺はそう呟《つぶや》く。

今回、俺が持ってきたのは、前に魔導師サタークスと戦った時に比べても、さらに強力な魔道具たちだ。

その理由は……グラーズル公爵邸の、警備が厳しいからだ。


正直なところ、王宮の警備はザルだった。

だが……手に入った情報を見た限り、恐らくグラーズル公爵邸は、王宮より警備が厳しい。

そのため、魔導師サタークスを殺すのに使ったような魔道具では、簡単に見つかってしまう。

そこで今回使うのが、設置型魔道具だ。

設置型魔道具は、その名の通り、どこかに設置して使う魔道具だ。

魔道具の設置は、そのための魔道具を使ったり、人間が直接設置したりするのだが……いずれにしろ設置型魔道具は、設置した場所から動けない。

そのため、手軽さでいえば、勝手に動いてくれる遠隔操作型魔道具の方が、はるかに勝っている。

だが、効果を発揮する時の性能や、存在のバレにくさでいえば、設置型魔道具に勝るものはない。

設置型魔道具は遠隔操作型魔道具と違い、魔道具全体がその機能——爆発《ばくはつ》型魔道具であれば、爆発の威力——だけに注《そそ》がれている。

それに対して、魔導師サタークスの暗殺に使った遠隔操作型魔道具の場合、爆発型魔道具の重さは、全体の10％以下でしかない。

設置型魔道具の方が、10倍以上強いという訳だ。

正直、普通の奴《やつ》が相手なら、こんな代物を使う必要はない。

俺が行って『国守りの錫杖』の場所だけ確認したら、あとは適当に遠隔操作型魔道具を突っ込ませれば、それで依頼は完了だ。

聖物はとても頑丈なので、屋敷を更地にした後でも無事に見つけられるだろう。

それをしないのは……『マスラ・ズールの使徒』を警戒しているからだ。

悪神マスラ・ズールは、他の神を倒すための工作に、魔導師サタークスなどの『使徒』を使っている。

『使徒』は、ＶＬＯの上位陣を超える力を持つ——つまり、正真正銘の化け物だ。

ああいう連中が、グラーズル公爵の屋敷にいる可能性がある。

……その場合、遠隔操作型魔道具では、倒しきれない可能性が高い。

魔導師サタークスを遠隔操作型魔道具で殺せたのは、あくまで不意打ちに成功したからだ。

遠隔操作型魔道具が敵の監視網に引っかかった場合、もはや不意打ちは成立しない。

まあ、遠隔操作型魔道具で倒せないレベルの奴がいる可能性は、低いと思うが。

「ここまでやるのは、久しぶりだな……」

そう呟きながら、荷物から取り出した魔道具を組み立てる。

今俺が準備している魔道具の90％以上は、恐らく使わないものだ。

だからといって、手を抜く訳にはいかない。

暗殺は、一度失敗すれば命を落とす任務なのだから。

全《すべ》ての魔道具が組み上がるのは、恐らく明日の昼頃《ごろ》だな。

それから日が暮れるまで仮眠をとって、暗殺任務といくか。

無理が必要な時に無理ができるように、休める時には休んでおくのも、暗殺者の務めだ。

◇

翌日の、日が沈んだ頃。

俺は魔道具によって、仮眠から目覚めた。

「……いい暗闇《くらやみ》だな」


空は曇っていて、月は出ていない。

魔道具なしでは、全く周囲の様子が分からないほどの暗闇だ。

隠密《おんみつ》行動にはもってこいの日だな。


そんなことを考えつつ俺は、遠隔操作型の魔道具をいくつか起動した。

この魔道具は、グラーズル公爵邸の屋敷の近く——防衛網のギリギリ外に移動させておく。

いざという時の備えというやつだ。


「さて、俺も行くか」


必要な道具は、すでに揃《そろ》っている。

俺は作って持ってきた暗視ポーションを飲むと、魔道具の一つ——水中推進器を持ち、空気ボンベと必要な荷物を背負って、海に飛び込んだ。

今回俺が潜入に使う手段は、最も探知の難しい移動手段。
つまり、生身での潜水だ。
いくら海路が警戒しにくいとはいっても、船などを使えばバレて当然だからな。

◇

（……やっぱり、このくらいの警戒はしているか）
そう言って俺は、水中推進器を一時停止させる。
海には、防衛網が張られていた。
それも……警報装置のような生ぬるいものではない。水中機雷だ。
この機雷は、魔道具が発する魔力を検知して爆発する。
つまり、魔道具を積んだ船などでは近付けないということだ。
気付かずにもう少し進んだら、俺も水中機雷の餌食《えじき》になっていたところだ。

そう考えつつ俺は、機雷が発する魔力を観察する。

(グラーズルの隠密が王国隠密部より優秀だってのは、本当みたいだな)

仕掛けてある罠《わな》を見れば、作った者の技術レベルはだいたい推測がつく。

この機雷は、王国隠密部の爆弾ポットより、はるかに精巧にできている。

まず、周囲に発している魔力が少ない。

罠として使う魔道具は、操作用の魔力を検知するために、常に内部で魔法を発動し続ける必要がある。

遠隔操作型魔道具であれば、操作用の魔力を検知する魔法が必要。

時限発動型魔道具なら、時間経過を図る魔法が必要。

そして今回のような機雷なら、敵の接近を検知する魔法が必要になる。

この3つの中で、特に魔力消費が大きいのは、自動で敵の接近を検知する魔道具……つまり、この機雷のような魔道具だ。

こういった魔道具で、周囲に漏《も》れる魔力を少なくしようとすると、かなりの技術が要求される。

だが、この機雷が漏らしている魔力は、王国隠密部の爆発ポットの100分の1以下だ。

腕のいい暗殺者なら、この程度の魔力でも気付くが……普通に船で来るような暗殺者は、ひとたまりもないだろうな。

魔道具を積んでいない手こぎボートでもない限り、この機雷は回避できない。

そんな高度な魔道具が、このあたりには大量に設置されている。

恐らく、グラーズル公爵邸に近い海は全て、機雷の攻撃範囲だろう。

この機雷たちが、グラーズル公爵邸の防衛網という訳か。

そう考えつつ俺は、水中推進器を海底に向けた。

この機雷の検知範囲は、海底まで届いていない。

（流石《さすが》に、海底まではないか）

水深を下げていくと、機雷の魔力は見えなくなった。

どうやら、海底まではカバーしていないようだ。

流石に、海の中を潜水して襲撃を仕掛けてくる奴は、想定外という訳だろう。

そう考えつつ、包囲網を抜けて、俺はグラーズル公爵邸に向かって進んでいく。

海岸を警備している者がいるのなら、そろそろ魔法計器に人間の反応があるはずだが……。


（警備は、なしか）


海岸付近に、人間の反応は見当たらなかった。

どうやら、グラーズル公爵邸付近の海岸は無人のようだ。

とはいえ、それは楽にグラーズル公爵邸に辿《たど》り着けるということではない。

むしろ逆だ。

海岸というのは、人にとって警備しにくい地形だ。

潮の満ち引きで地形は変わるし、海自体も敵にとって格好の隠れ場所になる。

そこで使われるのが、海岸付近は無人で守り、地上に本命の防衛網を作るという手法。

海岸と侯爵邸との間に高い壁を築き、その壁を警備するのだ。

これによって、騎士は守りにくい海を守る必要がなくなり、戦闘時には地形的な有利も得られる。

壁の中に爆薬でも仕込んでおけば、壁を乗り越えようとする者を殺すのは簡単だ。

そして……。


（やっぱり、ここも罠だらけだよな）


さらに近付くと、海岸の様子が分かってきた。

海岸は、険しい磯になっており——数メートルおきに魔法爆弾が置かれている。

問題は、魔法爆弾の起爆方式だ。

それによって、採るべき対策が変わる。

起爆方式は通常、設計者以外には分からないのだが……。

生産職として経験を積むと、周囲に漏れている魔力反応から、内部の魔道具の構成が何となく分かるようになる。

そして、この魔道具は……。


（……人間感知か。王宮とはレベルが違うな）


海岸に置かれている魔法爆弾は、人間の接近を感知して爆発するものだ。

このタイプは製造の難易度が高い代わりに、人間の接近に対しては非常に効果的だ。

海岸全体にこの魔道具が置かれているとなると……海岸に人間を警備につけないのも納得だ。

人間がいれば、即座に魔道具は爆発し、その爆発音が周囲に異変を知らせるだろう。

そして、手こぎボートで来るような侵入者は、その頃《ころ》にはもう死んでいる。強力な迎撃態勢だ。


だが、それにも抜け道はある。

人間が近付いた時に発動する魔道具は、人間が発する特殊な魔力を検知して発動する。

ということは、特殊な魔道具で魔力さえ打ち消してしまえば、人間感知型の魔道具はないも同然なのだ。

（技術はあっても、使い方は今ひとつだな）

俺は魔道具で魔力反応を消しながら、陸に上がった。

いくら高性能な人間感知型魔道具を使っていても、それ一種類に頼るのはいただけない。

人間感知型魔道具を対策されるだけで、こうやって簡単に上陸されてしまうからだ。

ローテクな物理型の罠なども、その意味では使い道がある。

ワイヤーを使った罠や毒針、落とし穴などには、そもそも魔力を発する部分がない。

そのため、熟練の暗殺者の技術によってしか回避できないのだ。

状況によっては高度な魔道具より、単純な毒針を仕込んだ落とし穴の方がよっぽど効果的だったりする。

この海岸の防衛網を作った奴は、そのあたりを理解していないようだ。

そう考えつつ俺は、目の前の高い壁を見上げる。

今俺がいる海岸とグラーズル公爵邸とは、高さ5メートル近い防壁で仕切られていた。

乗り越えようと思えば、簡単に乗り越えられる高さだが……あの防壁は、壁の向こう側から明るく照らされている。

いくら人の意識を逸らすような魔法や、目立たなくなるような魔法を使ったところで、壁の上に上がれば見つかってしまうだろう。


そう考えつつ、俺は周囲の魔力を探る。

周囲に見える魔力は、ほとんどが爆発魔道具のものだ。

だが……その中に一つだけ、興味深いものがあった。


(これは……隠し扉か)


磯の岩の中に一つ、偽物《にせもの》があった。

岩に似せた、隠し扉だ。

そして……その隠し扉の中から、魔導ボートらしき魔力が漏れている。

（これは……緊急避難用だな）

魔導ボートの魔力を詳しく見てみると、隠し扉の中の魔導ボートは、とにかく瞬発力を重視して作られていることが分かった。

効果時間5分ほどの、使い捨て推進装置が、5つも積まれている。

このボートの構成は、普通に移動用として使うには、あまりにも燃費が悪い。

だが緊急避難用の船は、瞬発力が命だからな。

これは屋敷が危険に陥《おちい》った時に、グラーズル公爵が乗るボートだ。

恐らく、船に乗っている人間にだけは、機雷も人間感知型爆弾も発動しないようにできているのだろう。

この海岸の守りは、グラーズル公爵が屋敷から逃げる時には、追撃者に牙《きば》を剝《む》くことになるのだ。

つまり……恐らくこの隠し扉は、グラーズル公爵邸の秘密通路か何かに繫《つな》がっている。

だが、この扉からの侵入は愚策だな。扉を開けた時点でバレる可能性が高い。

そんなことを考えつつ……俺は、出入り口の外側にいくつかの魔道具を設置した。

もしグラーズル公爵がこの出入り口から逃げようとすれば、この魔道具が公爵を殺す。

逃げ道は、あらかじめ塞《ふさ》いでおくに限るという訳だ。


（さて……他に面白《おもしろ》いものはなさそうだな）


俺は他にもいくつかの魔道具を設置して、壁のない場所から地上へと上がった。

グラーズル公爵邸からは少し距離が離れてしまったが、地上から侵入すればいい話だ。

地上から向かわせていた遠隔操作型魔道具たちも、移動と設置型魔道具の準備を終えたようだ。

王宮の時と違って、内部に潜入している魔道具はないが……今回は、これでいく。

準備は終わった。

あとは、グラーズル公爵邸に潜入して『国守りの錫杖』を持ち出し、公爵を暗殺するだけだ。

（起動）

俺はまず、グラーズル公爵邸の風上から、毒を撒《ま》いた。
直接的に人を殺したり、気絶したりするような毒ではなく……意識をボーッとさせる程度の毒だ。
このくらいの毒の方が、潜入には使いやすい。
バレるのが遅いからな。

そう考えつつ……俺は足音を消して、グラーズル公爵邸へと歩き始めた。

第七章

（やっぱり、地上も警備が厳しいか）

グラーズル公爵邸の周囲は、ただの森という感じだが……やはり厳しく警備されていた。
たった一軒の家を守るために、おそらく200人近い騎士が動員されている。
仮に3交代制だとすれば、警備のために雇われている人間が600人……と考えると、その規模の凄《すさ》まじさが分かるだろう。

だが、地上の警備は海側の警備と比べて、人間頼りだ。
そのため、魔道具の毒によって集中を欠いている状態なら、生身の俺《おれ》でも簡単にくぐり抜けられる。

「南西第一エリア、異常ありません」

「南西第二エリア、異常ありません」

騎士が『異常なし』の報告をする声を聞きながら、俺は屋敷へと歩いていく。

この毒が優れているのは、対象の意識を奪わないため、定時報告などが途切れないことだ。
慣れた騎士は、集中していなくても『異常なし』の報告くらいはできる。
ただ、その『異常』に気付く判断力を失うだけだ。

そのため、毒を使ったのがバレるまでに、非常に時間がかかる。
もし『集中していなくても、俺の潜入に気付けるような奴《やつ》』が警備についていれば、見つかってしまうのだが……どうやら、いなさそうだな。

などと考えつつ、俺は遠くにいる騎士の姿を盗み見る。
暗視ポーションのおかげで、騎士の姿は暗闇《くらやみ》の中でもはっきり分かる。

（変形）

俺は音を立てないように歩きながら、変形魔法を発動した。

対象は着ていた服と、持ってきた『染料』だ。

すると……俺が着ていた服が、騎士の服と同じような形になった。

流石《さすが》に細かい部分の造りなどは見えないので、加工は大雑把だ。

だが、遠くから見た程度では、その違いは分からない。

これによって騎士たちは、今まで以上に違和感に気付きにくくなる。

こうして、偽装の準備を済ませた上で……俺は持ってきた設置型魔道具を、地面に埋め込み始めた。

俺が作った設置型魔道具は、設置する瞬間こそ怪しまれる可能性があるが、設置さえ済ませれば発動までまずバレない。

そのためにわざわざ、変装までしたという訳だ。

（よし、こんなもんか）

俺は持ってきた設置型魔道具を全《すべ》て地面に埋め終わると、またグラーズル公爵邸の方へと歩き始めた。

すると……屋敷から半径500メートルほどの範囲の地面が真っ平らに整地されており、全て明るく照らされているのが見えた。


地面を照らす……とだけ言うと簡単に思えるが、半径500メートルを全て照らすとなると、意外と大変だ。

大量の光源を、常に維持する必要がある。

さらに、これだけの範囲の平地に、何も置かれていないとなると……恐らくこの500メートルの平地が、グラーズル公爵邸の最終防衛ラインだ。


この平地に立っている警備は、森に立っていた騎士と比べて、圧倒的に数が少ない。恐らく15人といったところだろう。

だが……それは、ここの警備が甘いということにはならない。むしろ逆だ。


これだけの人数であれば、お互いの顔を覚えることができる。

そのため、中途半端《ちゅうとはんぱ》な変装などでは、欺《あざむ》くことができない。

そして人数の少なさは、整地と照明によって見通しをよくすることで実現している訳だ。

もちろん、騎士の練度も違う。

動きを見れば分かる。騎士たちの練度は、森にいた連中よりはだいぶマシだ。

普通の状況なら、こんな奴らには見つからない自信があるが……これだけ人を見つけやすい地形だと、流石に欺けそうにない。

(これは、手が込んでいるな……)

貴族の家は王宮と違って、役所としての機能を求められない。

そのため、利便性を損なってでも警備を強化できるという訳だ。

このグラーズル公爵邸は、そのメリットを最大限に生かして作られている。

ここから先は、見つからないように動くというのは難しい。

だから、いつかはバレる前提で、時間との戦いといこう。

警備が厳しいなら厳しいで、色々とやりようがあるものだ。

だが……今回本当に厄介なのは、ここにいる騎士ではない。

(やっぱり、化け物がいるか)

俺は今回の潜入捜査のために、周囲の魔力を高精度に計測する魔道具——魔法計器を身につけている。

そのため、グラーズル公爵邸にこれだけ近付くと、中の魔力の様子もなんとなく分かってくる。

中にいる人間のほとんどは、俺が魔道具を使えば簡単に殺せるような者でしかない。

だが、その中に一人だけ、化け物がいた。

魔力の雰囲気からすると、恐らく魔導師サタークスと同格。

魔導師サタークスと同じように、普通の人間ではあり得ない、きわめて奇妙な魔力を持っている。

だが、魔法使いではなく魔剣士系の化け物だ。

魔法使いに比べれば『霊魂破壊』は効きやすそうだが……油断はできない。

そもそも、魔法使いであろうと、魔剣士であろうと、普通は『霊魂破壊』など防げないのだから。

さらに『霊魂破壊』は、発動さえできれば必殺ともいえる魔法であるものの、発動が難しい魔法だ。

今回も、設置型魔道具を使って仕込んではいるが……設置場所までおびき寄せなければ、発動さえできない。

俺が正面からの戦闘に向かない『生産職』だということも考えると、かなり厳しい戦いになるのを覚悟しなければならない。

だが……いい情報もあった。

今回の目標のうち一つ、『国守りの錫杖《しゃくじょう》』の魔力反応が、ここからでも確認できた。

化け物魔剣士からは、かなり離れた位置にあるようだな。

魔力反応の出方からすると恐らく、極《きわ》めて頑丈な金庫か何かに入っているのだろうが……あると分かっただけで、大収穫だ。

これで俺は安心して、グラーズル公爵を暗殺することができる。

そう考えつつ、俺は潜入の準備を始めた。


（まずは……）


俺は騎士のうち一人を見ながら、手持ちの変装の魔道具に、魔法を書き込んでいく。

変装の魔道具は、国王たちが見つからないようにするために使った、人相を変える魔道具と似たようなものだ。

違うのは、今回作っている魔道具は、特定の対象――つまり、サンプルにした騎士に似せているということだ。


とはいえこんなものは、気休め程度にしかならない。

連中の動きを見る限り……恐らく騎士たちは、厳密に決められた持ち場を守っている。

その持ち場を動いただけで、怪しまれてしまう。


となると……持ち場を利用するしかない。

サンプル騎士を倒して、持ち場に入り込むのだ。

（……このタイミングだな）

サンプル騎士が、他の騎士たちの視界から外れた瞬間。

俺は、麻痺毒を含んだ吹き矢を、立て続けに３本放った。

この吹き矢には特殊な羽根がついており、通常の吹き矢とは比べものにならないほどの射程を持っている。

それを、３本連射する。

狙《ねら》いはサンプル騎士と、その両隣の騎士だ。

放たれた吹き矢は真《ま》っ直《す》ぐ飛んでいき――３人の騎士が、その場で崩れ落ちた。

それを見て俺は、サンプル騎士の元へと走る。

そして――俺がちょうどサンプル騎士の元へと辿《たど》り着いて、サンプル騎士を設置型魔道具で隠した瞬間。

「おい、どうした！　なぜ倒れている！」

そんな声が聞こえた。
どうやら他の騎士が、事態に気付いたようだ。
騎士の一人が、俺に向かって叫ぶ。

「マイト、一体何が起きた！」

「分からない！　ただの病気とは思えないが……！」

そう言って俺は、外に目を向ける。
どうやら俺が倒したサンプル騎士は、マイトという男だったようだ。

だが、このまま俺の方を見られるのはまずい。
いくら顔を似せているとはいっても、変装魔法はそこまで高度な魔法ではない。
近付いてこっちを見られれば、偽物《にせもの》はすでにバレてしまう。

そこで、視線を誘導する。

「……あそこに矢が刺さっている！」

そう言って俺は、倒れた騎士の一人を指した。
騎士の目が、騎士に刺さった矢に注《そそ》がれる。
矢を見て騎士は、すぐさま叫んだ。

「敵襲！　敵襲だ！　警戒範囲外からの狙撃《そげき》に注意しろ！」

どうやら狙い通りの結論に辿り着いてくれたようだ。
これで騎士たちは、警戒範囲外にいる狙撃手を想定して、屋敷や他の騎士から目を離すことになる。
その狙撃手が、すでに騎士の中に紛《まぎ》れ込《こ》んでいるとも知らずに。

（さて……今のうちだな）

ここにいる騎士は比較的マシな練度だが、暗闇に紛れる狙撃手に気をつけながら他の場所にも目を配れるレベルではない。
俺は足音を立てないように注意しながら、一気に屋敷へと走った。
狙いはグラーズル公爵ではなく『国守りの錫杖』だ。
恐らく化け物魔剣士は、グラーズル公爵の守りについている。
そして、侵入者が入ってきたくらいでは、魔剣士は持ち場を離れないだろう。
離れている間に公爵を殺されるというのが、護衛にとっては最悪のパターンだからな。

（あそこから入れそうだ）

『国守りの錫杖』の魔力反応は、グラーズル公爵邸の二階にある。
そしてラッキーなことに、二階の窓の一つが、開かれたままになっていた。
俺は一階の窓枠などを足がかりに、その窓へと飛び込む。
そして『国守りの錫杖』がある方へと走り始めた。

（……流石に、無人とはいかないか）


廊下の角を曲がったところで、俺は一人の男と目が合った。

男の着ている服からすると……まず間違いなく、騎士だ。

いくら外からの敵襲で気を引いたとはいっても、屋敷の中の警備までは騙《だま》せないか……。


「敵襲だ！」


俺の姿を見るなり、騎士がそう叫びながら剣を抜き、斬《き》りかかってきた。

……俺を見てからの反応が早い。優秀な騎士だな。

そう考えながら俺は、騎士に向かって剣を構え、一歩踏み出す。

そして――剣がぶつかり合う直前で、騎士が前のめりに倒れ込んだ。

騎士の脚には、細い針が刺さっている。

俺が剣を構えたのは、相手の気を引くためでしかない。

優秀な騎士なんかと、正面から斬り合いたくないからな。

そうして走るうちに——俺は、目的の場所へと辿り着いた。

俺が立ち止まったのは、一見何の変哲もない行き止まりだ。

だが——この行き止まりの壁は、他の部屋のような木の壁ではなく、巨大な魔法金属の塊だ。

この壁自体が、一種の金庫のようになっている。

「……レベル4の魔法鍵《かぎ》か」

金庫の鍵は、かなり高度な魔法技術を使って作られていた。

物理的な鍵であれば、ピッキングで何とでもなるのだが……高レベルの魔法鍵となると、そう簡単にはいかない。

かといって、金庫ごと壊すのも難しい。

金庫を構成する魔法金属には、1メートル近い厚さがある。

これだけ巨大な塊となると、変形魔法で掘り進むのにも時間がかかる。

グラーズル公爵の警備についている魔剣士は、まだ動きを見せないようだが……それは恐らく、俺が錫杖の場所に気付いたところで、錫杖を持ち出すことはできないと思っているからだろう。

実際、これだけの警備を突破して金庫の元に辿り着き、金庫を破壊するとなると……できる人間は、ほとんどいないだろう。

金庫の鍵はグラーズル公爵が持っているのだろうし、魔剣士からすれば、公爵さえ守っておけば安心という訳だ。


だが……この鍵にも、弱点はある。

鍵の破壊だ。


鍵を破壊する時には、鍵の本体を破壊するか、鍵と金庫の接合部を破壊するのがセオリーだ。

この金庫を作った奴も、そのことは当然理解しているらしい。

鍵の付近は全て、魔法や物理的な破壊をほぼ受け付けない、オリハルコンでできていた。


『変形』魔法によって形を変えられる対象は、使用者のレベルによって違う。

木材程度なら低レベルの『変形』で形を変えられるが、金属――特にミスリルなどの魔法金属となると、かなり高レベルの『変形』が必要だ。

そして――オリハルコンなどの金属は、レベル最大の『変形』すら、受け付けないのだ。
だからこそ、オリハルコンの鍵は、絶対的に信用できる。
この金庫を作った人間は、そう考えていたのだろう。

だが――『変形』には、まだ先がある。

鍛冶スキル、錬金スキル――その他5種類の生産スキル全てを極めた者だけが習得可能な魔法『変形・真』。
この魔法なら、たとえオリハルコンであろうと、他の金属と同じように変形可能だ。

『変形・真』

俺がそう唱えると、鍵と金庫の接合部が外れた。
そのまま、鍵のあった場所を引っ張ると――中から、1本の光り輝く杖《つえ》が顔を出した。

これが、『国守りの錫杖』。

一目見ただけで、俺はそう理解した。

見た目が、教会にあった絵と同じなことも、その理由だが——秘めている力が、あまりにも膨大すぎたのだ。

俺は恐る恐る、杖を摑《つか》んだ。

強力なマジックアイテムとなると、触れた人間の魔力バランスが崩れる可能性がある。

通常なら、ほとんど影響はないのだが……このレベルのマジックアイテムとなると、気を失ってもおかしくはない。

だが、この状況で気を失えば、待っているのは死だけだ。

魔力の制御を持っていかれないように、気をつけなくては。

そう決心しながら、俺は杖を握った手に力を込めたのだが——『国守りの錫杖』は、驚くほど素直に持ち上がった。

魔力バランスの崩れなど、一切《いっさい》感じられない。

むしろ杖の方が力をセーブして、俺に悪影響を与えないようにしているかのようだ。

……これは、女神リーゼスが協力してくれているということだろうか。

そう考えつつ俺は窓から飛び出し、屋敷から離れるように走り始めた。

「いたぞ！　侵入者だ！」

「つ……杖を持っているだと⁉　あの金庫は、人間には解錠できないようにできていたはずだ！」

「……理由を考えるのは後だ！　今はあいつを捕らえる——いや、殺すぞ！」

屋敷から離れる俺に、大量の矢や魔法が浴びせられる。

俺はそれを回避しつつ、屋敷から離れようとする。

その後ろから、大勢の騎士たちが追いかけてくる。

移動速度の速い戦闘職も多いようで、俺と騎士たちの間の距離は、だんだんと詰まっていく。

（まあ、そうなるよな）

金庫を開けた時点で、潜入がバレるのは覚悟の上だ。

いや、今後の作戦を考えると——むしろ、潜入はバレる必要があった。

だから、追いかけられるのは想定内なのだが……流石にちょっと、数が多いな。

暗殺者の俺は、集団を正面から相手するような戦いに向いていない。

何十人もの戦闘職をまとめて相手するとなると、無理と言った方が正しいくらいだ。

だから、ちょっと間引く。


（起動）


俺は走りながら、地面に埋め込んでいた魔道具のうち一つに、起動信号を送った。

そして10秒ほど待って、俺はポケットから取り出した閃光弾《せんこう》を、地面に投げ捨てる。

すると——閃光弾が光を発するのと同時に、俺を追いかけようとした騎士たちの先頭にいた集団が、バタバタと倒れた。


騎士たちが倒れたのは、麻痺毒の効果だ。

だが、麻痺毒が先頭の騎士に効果を発揮するタイミングと閃光のタイミングをほぼ完璧《かんぺき》に合わせたため、騎士たちは光のせいで気絶したと思ったことだろう。

分かりやすい現象と同時に効果を発動させ、原因を勘違いさせるのは、毒の使い方の基本だ。

そんなことを考えながら俺は、もう一つ閃光弾を地面に投げる。

「あの光を見るな！　倒れるぞ！」

「了解！　総員、視線を逸らせ！」

そう言って騎士たちは、俺を直視しないようにし始める。

だが、視線を逸らしたところで、麻痺毒から逃れられるはずもない。

これだけ設備の揃《そろ》った場所の騎士たちなら、本当の原因にさえ気付けば、恐らく対策はできただろう。

だが、原因に気付く前に、騎士たちは壊滅状態になっていた。

「なんとか、ここまで来たか……」

俺は速度を緩《ゆる》めずに走り続け、最重要警戒区域の外――グラーズル公爵邸を囲う森へと辿り着いた。

だが……そこで、警戒していたことが起きた。

グラーズル公爵の護衛についていた化け物魔剣士――恐らく悪神マスラ・ズールの『使徒』の魔力反応が、グラーズル公爵の元から離れ、こちらに向かって急速に動き始めたのだ。

その早さは、他の騎士たちとは比べものにならない。

あっという間に、距離が詰まっていく。

今まで『使徒』が動かなかったのは、多少距離を取られたところで『使徒』にとっては関係がないからだろう。

まあ、それも予想通りなのだが。

「起動」

俺がそう魔法を唱えると――海岸に設置されていた魔道具から、いくつかのカラス型魔道具が打ち上がった。

この魔道具は『使徒』が離れた隙《すき》に、グラーズル公爵を殺すために作ったものだ。

グラーズル公爵を遠隔操作型魔道具で殺すのが難しかったのは『使徒』が護衛についていたからだ。

防衛用の魔道具が少しくらい充実していたところで、相手が生身の人間であれば、殺すのは全く難しくない。

そのはず、だったのだが――。


――ドゴオオオォンンッ！


カラス型魔道具が飛んでいく途中で、そんな音――いや、衝撃波が聞こえた。

衝撃波というのは、物体が音速を超えた時に起きる、空気の巨大な振動だ。

あのカラス型魔道具に、音速を超えるような力はない。

音速を超えたのは、他の何かだ。

「……石ころ……？」

カラス型魔道具の計器を介して状況を確認すると、その正体が分かった。

こぶし大の石ころが、空気との摩擦で赤熱しながら、猛然とカラス型魔道具へと飛んできている。

あの魔道具の速さでは、回避は不可能。

グラーズル公爵の命を狙ったカラス型魔道具は、なすすべもなく撃墜された。

「うわ、化け物かよ……」

石ころの飛んできた方角を見れば、誰《だれ》があの現象を引き起こしたのかは分かる。

グラーズル公爵の護衛をしていた『使徒』は、俺に向かってものすごい速さで走りながらも魔道具の存在に気付き、ただの石ころでそれを撃墜したのだ。

とうてい、人間に可能な所業とは思えない。

俺もＶＬＯでは、化け物などと呼ばれていたものだが――俺がやっていたのは、あくまで『人間の力』の範囲内での工夫だ。

だが『使徒』は違う。

人間には超えられない限界を、あっさり超えてくる。

俺が魔道具に工夫を凝らし、周到な準備をしてやっと発動させるような威力の攻撃を、『使徒』は足下に落ちていた石を投げるだけで実現してくるのだ。

反則にも程がある。

「まあ、逃げきれないよな……」

カラス型魔道具を撃墜した『使徒』は、そのまま真っ直ぐ俺に向かってくる。

俺の脚では、たとえ魔道具で速度を強化したところで、振りきれる速さではない。

……戦うしかない。

俺はそう理解し、後ろを振り向いた。

第八章

「……よう、侵入者」

そんな言葉とともに、魔剣士が目の前に立《た》ち塞《ふさ》がった。

魔剣士はわざわざ俺《おれ》のいた場所を迂回《うかい》して、俺の行く手を阻んだようだ。

……そのまま真《ま》っ直《す》ぐ距離を詰めて、後ろから斬《き》りかかってくると思ったのだが。

「退路を塞いだつもりか？　後ろから斬りかかればよかったものを」

そう言って俺は、剣を構える。

だが……俺が持っている剣は、相手がこの魔剣士では気休めにすらならない。

対峙《たいじ》しただけで分かる。この魔剣士は、明らかに別格だ。

強者は、ただそこに立っているだけで肌が冷えるような感覚がある。

この魔剣士は、その感覚があまりにも濃い。

まるで周囲の気温が10度ほど下がったかのような、寒気に似た感覚すら覚える。

俺の剣など、一瞬でもぶつかれば叩《たた》き折られる。

もっとも、たとえオリハルコンなどで作られた、強力無比で絶対に折れないような剣であっても、俺の力では押し切られるだけだろうが。

「……読まれていた気がしたものでな」

そう言って魔剣士は、自身の身長ほどもある大剣を構えて少しずつ距離を詰めてくる。

一気に踏み込んでこないあたり……恐らく、警戒しているのだろうな。

油断して無警戒に踏み込んできてくれれば、戦いやすかったのだが……そうもいかないようだ。

だが、それでも俺がやることは変わらない。

「そうか」

そう言いながら俺は、地面に仕込んでいた魔道具を起動する。

すると……魔剣士の足元の地面が爆発《ばくはつ》した。


「む」


魔剣士は斜めに跳んで、爆発を回避した。

爆発が起きてから魔剣士に爆発が届くまで、およそ0.5秒。

普通の人間であれば、ギリギリ反応できるかといったところだ。


だが……魔剣士はそれに反応するどころか、無傷で回避してみせた。

いくら周囲に警戒していたとはいっても、化け物としか言いようのない反応速度だ。

そのくらいは、想定内だが。


「……避けたか」

そのまま魔剣士は、真っ直ぐ俺の方に突っ込んでくる。
どうやら、罠《わな》を発動した後の隙《すき》を狙《ねら》うつもりだったようだ。
だが、隙など用意してやるつもりはない。

魔剣士が勢いをつけ、俺の方へ踏み込もうとした瞬間。
俺は閃光弾《せんこうだん》を取り出し、地面へと投げた。

閃光弾は、気を引くための道具として最適だ。
そして敵の意識が閃光弾に向いたところで——地面に仕込んでいた魔道具を起動した。
それを見て——魔剣士が、後ろへ跳んだ。

次の瞬間、魔剣士がさっきまでいた場所の目の前で『霊魂破壊』が発動した。

「……おっと、あぶねえ、あぶねえ」

そう言って魔剣士が、驚いた顔をした。

これも避けられるか……。

今のは正直なところ、本気で殺すつもりで発動させた魔道具だ。


通常『霊魂破壊』は、地上で発動させる。

『霊魂破壊』の攻撃範囲は半径2.5メートルほどの球形のため、多少避けたくらいならお構いなしに巻き込めるのだ。


だが今回、俺は『霊魂破壊』を地下2メートル――地上に魔法が届く、ギリギリの位置で発動した。

攻撃範囲は狭くなるが、地下深くに埋められた魔道具は、発動に気付くのも難しくなる。

俺は細かな動きで、ちょうど魔剣士が魔道具の効果範囲を通るように調整したのだ。


さらに、地上までにできた2メートルほどのスペースを使って、俺は魔力を遮断した。

これによって『霊魂破壊』が発動した時の魔力は、人間には感知できないレベルになる。

まともに考えれば、まず回避不能といっていい布陣だ。

しかし――それでも魔剣士は避けた。

特殊な探知能力を使ったのか、それともただのカンなのか……。

いずれにしろ、化け物という他ない。


「罠だらけかよ。警備員どもはいったい何をやってたんだ？」


地面を見て、魔剣士がそう呟《つぶや》く。

警備員たちが警戒していた森で、これだけの罠を浴びせられれば、そういう感想になるのも仕方がないだろう。


もちろん俺だって、森全体をこんな罠だらけにしている訳ではない。

最初から、ここで敵の『使徒』――この魔剣士と戦うことを想定して、集中的に罠を配置していたのだ。


その罠となる魔道具も、今手に入る材料で作れる限り、最高のものを用意した。

周囲にほとんど魔力を漏《も》らさず、ごく僅《わず》かの魔力を浴びただけで起動し、それでいて暴発《ぼうはつ》はしない。そんな理想的な魔道具たちだ。

設置に関しても、周囲の地面と見分けがつかないように、特殊な魔法を使っている。

もしそうでなければ、俺はとっくに死んでいたことだろう。

罠がどこにあるか読めていれば、そこを通らなければいい話だからな。

どこから発動するか分からないからこそ、罠の意味を発揮するのだ。

だが、それだけの工夫を凝らした上で、この結果。

厳しい戦いになりそうだな。

そう考えていると――魔剣士が、口を開いた。

「大した腕だな」


……俺が仕掛けた罠を全部避けておいてこの発言とは、嫌味だろうか。

殺したくなってくるな。

まあ、この発言がなくても、殺すことに違いはないのだが。

「いや、俺もまだまだだ。……本当なら、さっきので殺すつもりだったんだが」

そう言って俺は、閃光弾を取り出す。

閃光弾ごとき、今の状況ではあまり効果はないかもしれないが……ないよりはマシだ。

問題は、残った魔道具をどう使うかだな。

『使徒』自身は暗殺対象ではないので、こいつから何とかして逃げて、グラーズル公爵を殺すのでも国王からの依頼は達成だ。

だが、俺が受けた中で最も重要な依頼――悪神マスラ・ズールの暗殺のために、『使徒』は殺しておきたい。

殺すのが難しい存在だからこそ、今殺しておく必要があるのだ。

そう考えていると……魔剣士が口を開いた。

「殺し合うのもいいが……ちょっと、話をしないか？」

不自然な提案だ。

目的として考えられるのは、時間稼ぎだろうか。

だが魔剣士の側に、時間稼ぎが必要になるような事情が見当たらない。

時間稼ぎといえば……時間経過で発動する魔道具や、遅効性の毒や、発動に時間がかかる魔法を使うために行うものだが……それらしい魔力が、感じられないのだ。

毒という線も、恐らくないだろう。

というか俺に毒は効かないので、もし敵が毒の効きを待っているとしても、気にする必要はない。

ここはひとつ、付き合ってやるか。

俺は俺で、時間を稼がなければならない理由があるからな。

時間を稼がせてくれる気があるのなら、付き合わない理由はない。

「戦闘中に話とは、暢気《のんき》なものだな」

そう言って俺は、剣を構え直す。

もはや剣に戦闘面での意味はないが、戦う意志があることを示すためだ。
時間稼ぎには付き合うつもりだが、あまりに分かりやすくては怪しまれるからな。

それを見て……魔剣士が、剣を投げ捨てた。

「……は？」

俺は、疑問の声を出した。

戦闘中に剣を投げ捨てるなど、通常ならあり得ない愚行だ。
対等な力を持った相手であれば、次の瞬間に斬り殺されても文句は言えない。
だが……残念ながら俺に、剣を投げ捨てた魔剣士を殺せるだけの力はない。
魔剣士は今の短時間でそれを見抜いたからこそ、剣を捨てたのだろう。
そう考えていると……剣を投げ捨てた魔剣士が、両手を広げる。
武器は隠し持っていない……そう伝えたいのだろう。

そして、魔剣士が口を開いた。

「戦うのはやめようぜ」

いきなり武装解除したと思ったら、この発言か。

まさかこれから、平和の大切さでも説いてくれるのだろうか。

「正気か？　俺とお前は敵だぞ？」

「ああ。だから元々は普通に殺す気だったが……さっきのを見て気が変わった。お前ほどの優秀な暗殺者、殺すのは惜しいぜ」

なるほど。

勧誘活動っぽい感じだな。

「それは、仲間に加われってことか？」

「そういうことだ。……お前はミーシス王国なんかより、俺たちについた方がいいと思うぜ？正直なところ、優秀な暗殺者が欲しかったんだ」

そう言って魔剣士が、爆発でえぐれた地面と『霊魂破壊』が発動した場所を見つめる。

あの罠の組み方を見て、魔剣士は俺を勧誘しようと思ったのだろう。

恐らく……優秀な暗殺者が欲しいというのは、悪神マスラ・ズール陣営の本心だ。

国を操《あやつ》ろうと思うなら、優秀な暗殺者ほど有効な道具はなかなかない。

なにしろ、邪魔な人物をいくらでも、秘密裏に消し放題なのだ。

特に……相手がもう滅びかけの女神ミーゼス教徒となると、多少強引《ごういん》な手を使ったところで、たいした抵抗は見込めない。

俺がマスラ・ズールの側につけば、３ヶ月もあればミーシス王国を滅ぼす自信がある。

同じことを暗殺者以外がやろうすると『使徒』ほどの力があっても中々難しい。

組織の破壊というのは、ただ力に秀でただけの化け物がいても、それで解決という訳ではないのだ。

その点、魔導師サタークスは結構うまくやった方だが……たまたま俺の暗殺対象になってしまったのが、あいつの不運だな。

そう考えつつ、俺は魔剣士に告げる。

「勧誘なら、名前くらい名乗ったらどうだ」

相手の名前というのは、重要な情報だ。

名前が分かれば、この魔剣士を殺した後で、背後についての情報が得られやすくなる。

そのため、相手に名前がバレていない暗殺者は、偽名を名乗ることも多いのだが……恐らく魔剣士は、本当の名前を告げてくるだろう。

魔剣士は俺を殺すか、生きたまま仲間にするか――いずれにしろ、敵のまま生かして返す気などないだろうからな。

勧誘だった場合、偽名がバレると忠誠心に悪影響だし。

そう考えていると、魔剣士が答えた。

「俺はレライアスだ。お前は？」

「レイトだ」

恐らくこいつは、すでに俺の名前を知っているだろう。
適当な名前を言ったところでバレる可能性が高い。
仲間に加わる気など全《まった》くないが……嘘《うそ》がばれて勧誘を打ち切られると、時間稼ぎが終わってしまうからな。

そう考えつつ俺は、レライアスの足元に埋まっていた設置型魔道具を解除する。
実は今レライアスがいた場所にも、罠はあった。
それをあえて解除することで、敵意がないことを示した訳だ。
レライアスほど感覚が鋭ければ、魔道具の解除には気付いただろう。

「……罠の解除に感謝する。まず一つ聞きたいが……お前は何を求める？」

「求める……マスラ・ズールにか？」

「ああ。金か？　女か？　名誉か？　他の何かか？」

それを聞いて、俺は少し考え込む。

難しい質問だ。
俺は暗殺者として、多額の報酬を得ながら活動しているが……それは金のためではない。
金が欲しければ、生産魔法で作ったものを大量に売った方が、安全で割もいいだろう。
となると、暗殺自体を楽しんで――

などと考えたところで、俺は後ろに飛びのいた。
次の瞬間、さっきまで俺の首があった場所を、レライアスの剣が通り抜けていった。
不意打ちだ。

「やっぱり、そう来たか」

――『飛剣』。

手から離れた剣を遠隔操作する、魔剣士の固有スキル。

発動条件や使い方に色々と制約があるが——敵の視界外から剣を飛ばせるため、非常に奇襲に向いているスキルの一つだ。

魔剣士のスキルを使う暗殺者は、ＶＬＯでもかなり多かった。

その理由は、この『飛剣』だと言っても過言ではない。

正直、レライアスが剣を投げ捨てた時点で、このスキルを使ってくることは予想がついていた。

時間稼ぎじゃないなら、わざわざ剣を投げ捨てる理由なんて、他にないからな。

「ちっ、暗殺者相手に不意打ちはダメか」

そう言ってレライアスが、忌々《いまいま》しそうな顔で剣を回収した。

恐らく、罠だらけの場所で俺にとどめを刺しにいくリスクをおかしくなかったため、奇襲で勝負を決めたかったのだろう。

狙いとしては悪くないが――暗殺者相手に使う手としては、練度が足りないな。

「……考え込むような質問を与えて、周囲への注意力を削るのはよいアイデアだ。奇襲のタイミングも悪くない。だが……武器を投げ捨てるのはあからさますぎるな。そういう時にはもっと小さい剣を、バレないようなタイミングで落としておくものだ」

レライアスの剣は、奇襲に向いたサイズではない。
大きい剣なら『飛剣』も威力が出るが、探知もされやすいのだ。
だから奇襲に使いたいのであれば、小さい剣を使うのが基本だ。

「そうか」

そう言ってレライアスが、剣を構え直す。
俺を仲間にする気はなさそうだな。

「仲間にするんじゃなかったのか？　今ので俺《おれ》を『本当に』仲間にする気になったなら、話くらいは聞いてやるが」

時間稼ぎついでに、俺はそうレライアスに尋ねる。

その問いに、レライアスは答えた。

「……お前がもうちょっと弱ければ、本当に仲間にするつもりだったんだがな。最初の攻撃を受けた時点で、その気はなくなったぜ。……お前は危険すぎる」

なるほど。

警戒させてしまった訳か。

レライアスは俺の魔道具を、あっさり回避したように見えたが……実はそうでもなかったのかもしれないな。

第九章

「で、どうくるつもりだ？」


俺はそう言って、レライアスの動きを観察する。

今の状況で使える武器は、ほぼ罠《わな》だけだと言っていい。

そして罠は、相手が動いているタイミングで使ってこそ、最大の効果を発揮するのだ。


「……こうする」


そう言ってレライアスが、剣を振り上げ——地面へと突き立てた。

すると間もなく、地面が小刻みに揺れ、剣の周囲の地面がひび割れ始める。


——『地砕き』。

その名の通り、圧倒的な力で地面を破壊するスキルだ。

このスキルに、直接俺を攻撃するような効果はない。

だが——地面を砕くことで、地中に埋まった魔道具に衝撃を与え、さらに位置をずらすことができる。

このまま罠だらけの場所で戦うより、地面に埋まった罠を壊し、状況を打破した方がいい。

レライアスは恐らく、そう考えたのだろう。

俺はもちろん『地砕き』程度の衝撃で壊れるようなヤワな魔道具は作っていない。

だが『地砕き』で地面を破壊すれば、どうしても魔道具の位置がずれる。

設置型魔道具は、大雑把に設置しているように見えて、実はミリ単位の位置調整が物を言う。

地中を流れる魔力や、地面の固さ、水分量など様々な要素が絡《から》み合《あ》って、魔道具の効果が決まるのだ。

『地砕き』による地面の破壊は、そういった工夫を台なしにしてしまう。

もちろん、戦えなくなるようなことはないが――今までよりは確実に戦いにくくなる。

だが――これはチャンスでもある。

そこまでの効果を持つスキルなのにもかかわらず、レライアスが今まで『地砕き』を使わなかったのには、理由がある。

この『地砕き』は、巨大な地面を剣1本で壊さなければいけないため、効果を完全に発揮するまでにかなりの時間がかかるのだ。

もちろんレライアスは、俺がその時間でとどめを刺せないのを確認してから『地砕き』を使ったのだろうが――それでも、やれることがある。

「行け」

俺はそう呟《つぶや》きながら――グラーズル公爵の屋敷から運び出した『国守りの錫杖《しゃくじょう》』を、空高く放り投げた。

『国守りの錫杖』の根元には、自作の光魔道具が設置されている。

光魔道具が、空高く舞った『国守りの錫杖』を、明るく照らし出した。

「……む？」

『地砕き』を使った姿勢のまま、レライアスが困惑の声を上げた。

俺が何をしたいのか、理解できないといった顔だ。

だが——数秒後、その困惑の表情が、少し変化した。

遠くで起こった魔力の変化を、レライアスも感知したのだ。

「この魔力反応は……」

俺が『国守りの錫杖』を投げてから、数秒後。

ここから遠く離れた場所では、移動系魔法の魔力反応が湧《わ》き上がった。

それも、高位の魔法使いが使うような洗練された魔法ではなく、王国隠密《おんみつ》部が使うような、低レベルな魔法だ。

周囲に魔力をまき散らしながら発動する、効果だけ発揮できればいいとばかりの、大雑把な魔法だ。

その魔力を感じ取って、レライアスが呟いた。

「……援軍か」

「ご明察。……グラーズル公爵から離れたのは、愚策だったんじゃないか?」

王国隠密部や王国騎士団は、理由なくグラーズル公爵を攻撃できない。
相手が公爵級の貴族となると、いくら国王直属の軍であっても、好き勝手に攻撃するという訳にはいかないのだ。

だが……グラーズル公爵が『国守りの錫杖』を持っていたとすれば、それはグラーズル公爵を王国騎士団が襲撃するために、十分な理由となる。
そのために俺は、錫杖を見えやすいように投げたのだ。

普段であれば、たとえ王国の軍が突入したところで、グラーズル公爵の警備を破るのは難しい。
だが……今のグラーズル公爵邸は、警備態勢がボロボロだ。

一般兵は麻痺毒で壊滅し、主力のレライアスは俺が食い止める。
この状況では、グラーズル公爵は守りきれないだろう。

そう考えていると……レライアスが、腰に提《さ》げていた鉄のケースから魔道具を取り出した。
通信用魔道具だ。

「させると思うか？」

俺はレライアスの足元で、いくつもの爆発《ばくはつ》系魔道具を発動させた。
レライアス自身は殺せなくても、魔道具は壊せる。

だが……レライアスは自分の腕で通信用魔道具を守りながら、魔道具に告げた。

「公爵閣下をお連れして逃げろ。援軍が来る」

その直後、腕の隙間《すきま》から爆風が入り込み、通信用魔道具は砕けた。
それだけの爆発に巻き込まれながら、レライアス本人は無傷だ。

「一瞬遅かったみたいだな」

「どうだろうな。……逃げるっていっても、ここはすでに包囲されている。逃げ場などない」

そう言いながら俺は、森の外で待機させていたカラス型の遠隔操作型魔道具を、空に浮かべた。

カラス型魔道具を突っ込ませる先は、もちろんグラーズル公爵がいる場所だ。

そうすればレライアスは、撃墜せざるを得ない。


「……面倒な」


そう言いながらレライアスが、地面から拾った石を投げて魔道具を撃墜した。

それを見て俺は、さらにもう1機、カラス型魔道具を打ち上げる。

撃墜されるのは承知の上だ。

こんなものは、時間稼ぎでしかない。

「露骨な時間稼ぎだな。だが……いくら時間を稼いだところで、王国軍は公爵を殺せんよ」

そう言いつつ、レライアスはカラス型魔道具を次々と撃墜していく。

俺への直接攻撃を急がず、地面にも目を配りながらの、落ち着いた対処だ。

やりにくい相手だな。

俺とレライアスでは、基本的な体力が違いすぎる。

そのため、時間をかけてじわじわと俺の力を削るようなやり方をされるのが、一番困る。

この調子でいくと、それほど遠くない未来に、仕掛けていた罠が全滅する。

レライアスは、それを待っているのだろう。


「くっ……」


俺は焦《あせ》っているふりをしながら、次々と魔道具を発動させていく。

実のところ——今のこの状況も、俺にとっては想定のうちだったりする。

レライアスが圧倒的な力を持っているのなら、じっくり時間をかけて力の差が出やすい戦いを作ってくるのは、予想の範囲内だからな。

そんな中――レライアスが、ふいに眉《まゆ》をひそめた。

レライアスは遠くの方……移動系魔法の魔力が見えた方を向いて、呟《つぶや》く。

「おかしい。……王国の援軍の脚ならば、今頃《いまごろ》はとっくに姿が見えているはず。それなのに、魔力すら感じられない……？」

気付いたか。

実のところ……王国の援軍など、最初から存在しない。

遠くの方で見えた移動系魔法の魔力は、俺があらかじめ設置しておいたものだ。

「貴様、一体何を――」

レライアスの言葉の途中で、遠くで爆発音が聞こえた。

グラーズル公爵邸の外壁の外――海のあたりからだ。

俺がさっき錫杖を投げ、王国の援軍を偽装した理由は、まさにレライアスによる避難指示を狙《ねら》ってのことだ。

レライアスから避難の指示があれば、グラーズル公爵は間違いなく、避難用ボートに乗って逃げようとする。

そのボートの出口には、俺が罠を仕掛けていた訳だが。

「……あんな爆発物だらけの海岸から逃げようとしたら、爆発しても文句は言えないよな？　……公爵は無事か？」

俺はレライアスに、分かりきったことを聞く。

レライアスほどの魔力探知能力があれば、公爵がすでに死んだことくらいには気付いているだろう。

「……くそ、あの駒《こま》を手に入れるのに、どれだけ苦労したと思っている」

遠くの魔力を見ながら、レライアスが忌々《いまいま》しげに呟いた。

護衛対象を駒呼ばわりか。

どうやらグラーズル公爵も、この使徒にとっては手駒《てごま》に過ぎなかったようだな。

もしかしたら、護衛のふりをして操《あやつ》っていたのかもしれない。

まあ、今となっては関係のないことだが。


そう考えつつ俺は、レライアスに話しかける。

「ってことで、もう公爵は死んだ訳だ。俺たちが戦う理由はないんじゃないか？　……実を言うと、魔道具はもう品切れなんだ」

そう言って俺は、両手を広げる。

地面に仕込んでいた魔道具は、先ほどの爆発で尽きた。

遠隔操作型の魔道具はまだいくつかあるが……レライアスに効くとは思えない。

戦闘は、これで終わりだ。

「バカを言うな。お前は危険すぎると言っただろう。……公爵を殺されるのは想定外だったが……その報いは受けてもらう」

そう言ってレライアスが、剣を振り上げる。
そして、俺へと踏み込もうとして——途中で、ピタリと止まった。
姿勢を変えないまま、レライアスが困惑の表情を浮かべる。

「……何が、起きている？」

そう呟くレライアスの表情が、固まっていく。
どうやら、予想通りのタイミングだったようだ。

「露骨な時間稼ぎだと言ったのは、お前じゃなかったか？」

俺は確かに、時間を稼いでいた。
だが、それはグラーズル公爵が死ぬまでの時間……だけではない。
このレライアスを殺すために、時間が必要だったのだ。

——相転移性の麻痺毒。
それが、レライアスの動きを止めたものの正体だ。

レライアスは使徒というだけあって、非常に高い毒耐性を持っていた。

だが、毒が全《まった》く効かない……という訳ではない。

たとえ高い耐性を持つ人間相手であっても、大量の毒を使えば、殺すことができる。


問題は、どうやって大量の毒を盛るかだ。

ナイフなどに毒を塗る程度では、必要な量に届かない。

毒ガスの場合、時間を使えば必要量は超えるが――通常の毒は、許容量に近付くに従って、徐々に効果を発揮する。


その段階で毒に気がつかれれば、毒ガス対策を取られて終わりだ。

軽い麻痺が入った程度なら、レライアスは余裕で俺を殺す力を持っている。


そこで……相転移性の毒の出番という訳だ。

相転移性の毒は、徐々に敵の体内に蓄積され、許容量を超えた瞬間――その体内で結晶化することで、一気に効果を発揮する。

通常の人間であれば、この毒の許容量は12ミリグラムほどなのだが……レライアスの場合、数グラムも摂取させてようやく効果を発揮したようだな。

だが……ちゃんと効いた。

正直なところ、本当にこの毒が使徒相手に効くかは、賭《か》けだったのだが。

そう考えつつ俺は、ポケットから1本の注射器を取り出し、レライアスに投げつけた。

注射器はレライアスの左胸に刺さり、内部に仕込まれたバネが、中に入っていた毒を全《すべ》て注入する。

「いくら使徒でも、これは耐えられないだろ？」

毒が全て注入されたのを見て、俺はそう呟く。

注射器の中身は、俺が調合した毒――それも、わずか０・００１グラムの摂取で死に至る猛毒だ。

そんな毒が、注射器には50グラムも入っていた。常人の致死量の５万倍だ。

麻痺毒で固まっていたレライアスが、ゆっくりと前のめりに倒れる。

レライアスは、絶命していた。

「……普通、麻痺毒の時点で死ぬんだけどな……」

そう呟きながら俺は、最後にいくつか残った遠隔操作型魔道具を飛ばす。

一応、グラーズル公爵の死亡も確認しておかなければ。

第十章

それから、数時間後。

グラーズル公爵と使徒レライアスの死亡を確認した俺《おれ》は『国守りの錫杖《しゃくじょう》』を持って王都へと戻っていた。

「さて……まずは教会だったか」

今回の依頼内容は、グラーズル公爵の暗殺だ。

だが『国守りの錫杖』を取り返した場合、先に教会に杖《つえ》を預けるようにと頼まれていたのだ。

俺としても、ステータスが20%上がる効果は、是非とも欲しい。

まず杖を祭壇に戻すべきだというのは、納得できる話だ。

「……ここか」

俺は国王から受け取った手紙を見ながら街を歩いて、杖の受け渡し先の礼拝堂に辿《たど》り着いた。

そこは、この前女神ミーゼスと話したような大規模な礼拝堂ではなく、その隣にあるこぢんまりとした礼拝堂だった。

扉は開け放たれているが、礼拝をしている者は誰《だれ》もいない。恐らく祈りを捧《ささ》げたい者は、大きい礼拝堂の方に行くのだろう。


こんな小さな礼拝堂に杖を置くと言われたら、人によっては不思議に感じるだろう。

だが……俺はここに『国守りの錫杖』を置くことが不思議だとは、全《まった》く思わなかった。

それどころか、腕のいい生産職に『王都で一番いい建物はどれだ』と聞いたら、100人中100人がこの建物だと言うだろう。


建物に、圧倒的な風格があるのだ。

見た目からすると恐らく、1000年以上前に建造された建物だと思うが……その割に、非常に建物の状態がいい。

加工の難しい、頑丈な材料で作らなければ、とっくに壊れているはずだ。

細部の造りも繊細で、生産職の俺から見てもなかなかの仕上がりだ。
恐らく、この家を建築した奴《やつ》は、極《きわ》めて腕のいい職人だろう。
王宮などより、よっぽど高度な技術が使われている。

「誰かいるか？」

俺はそう言って、礼拝堂の中へと入った。
すると……奥の方から声が聞こえる。

「……礼拝の方ですか？」

「いや、国王の命により『例の品』を届けに来た者だ」

俺がそう答えると、奥から3人の聖職者が出てきた。
3人とも、かなり年老いている。

服装には装飾がなく、質素な印象を受けるが……身につけた神官服の色が、3人を高位の神官だと示していた。

神官服の色は、紫色。

女神ミーゼス教会全体でも10人ほどしかいない、最高位の神官だけが身につける色だ。

その中でも、もっとも高齢の神官が、俺の前に進み出た。

「国王陛下より、極《きわ》めて貴重な品が届くと仰せつかっていますが……それを届けに来てくださった方ですね？」

「ああ。……何が届くかは、聞いていないのか？」

「入手の妨げになる可能性があるため、教えられない……とのことでした」

なるほど。

どうやら国王の機密保持意識は、合格点のようだな。

もしこれで神官たちが『国守りの錫杖』のことを知っていたら、国王に文句をつけに行かなければならなかったところだ。

知る者が増えるほど情報は漏《も》れやすくなるし、俺がやろうとしていることがグラーズル公爵に漏れていれば、対策を取られたかもしれないからな。

そう考えていると、神官が重々しく口を開いた。

「ミーシス王国は基本的に、教会に対して不干渉でした。……今回のような連絡があるのは、これが初めてです」

そう言って神官は、俺の様子を窺《うかが》う。

その視線は、警戒半分、期待半分といったところだ。

どうやら、怪しまれているようだな。

「外から見られたくない。まずは扉を閉めていいか？」

「……そこまでの品なのですね」

年老いた神官が、興味深げな顔をした。

後ろにいた二人の神官が、礼拝堂の入り口まで歩き、扉を閉めた。

「俺はレイトだ。素性の知れない者に、あれを渡す訳にはいかない。……まずは名乗ってもらえるか？」

俺は年老いた神官に、そう尋ねる。

すると……入り口から戻ってきた神官が、驚いた顔をした。

「まさか、ヴァニリー総主教をご存知ないと……？」

どうやらこの神官は、有名な神官のようだな。

というか……総主教というと、教会関係者の中で実質トップということか。

「田舎《いなか》で暮らしていたものでな。偉い教会関係者が来るとは聞いていたが……まさか、総主教が出てくるとは思わなかったな」

「国王陛下より『女神ミーゼス教の根幹に関《かか》わる一大事のため、できる限りの用意をするように』と仰せつかったゆえ、私が出ることになりました。……問題はありますまいな？」

そう言ってヴァニリー総主教が、そう俺に告げる。

確かに、教会の最高位――総主教であれば、この『国守りの錫杖』についても詳しいだろう。

「分かった」

そう言って俺は、持ってきた袋から『国守りの錫杖』を取り出す。

杖を見て、３人の聖職者たちが目を見開いた。

「この杖に、見覚えはあるか？」

俺は神官たちに、そう尋ねる。

すると……ヴァニリー総主教が、口を開いた。

「そ、それは……！」

ヴァニリー総主教の声が震えている。

まさかこの杖が出てくるとは、予想だにしていなかったようだ。

「そんな、まさか……！」

「しかしこれは、紛《まぎ》れもなく……」

他の二人の神官たちは、口をパクパクさせている。

そんな中、ヴァニリー総主教は涙を流し始めた。

「『国守りの錫杖』……まさか命あるうちに、この杖を再び目にできるとは……。あなたが、取り返してくださったのですか？」

ヴァニリー総主教は涙を流しながら、杖に触れる。

どうやら、この杖は『国守りの錫杖』で、間違いないようだな。

「ああ。国王からの依頼でな」

「ありがとうございます……！　まさかあのグラーズル公爵の……『使徒』の手から、杖を取り返せる方がいらっしゃったとは……！」

どうやらヴァニリー総主教は、『使徒』のことも知っているようだ。

流石《さすが》は、女神ミーゼス教の中でも最高位の神官といったところだろうか。

「『使徒』のことを、知っているのか？」

「極めて強力な力を持ち、我々女神ミーゼス教を滅ぼそうとする、マスラ・ズールの手先です。女神ミーゼス様より、警戒するようにとは伝えられていたのですが、手の打ちようがなく……」

なるほど。

女神ミーゼスも、力がないなりには仕事をしていたんだな。

とはいえ、相手が『使徒』では、いくら情報があっても対処のしようがなかったということだろう。

まあ、魔導師サタークスの時には、情報すらなかったようだが。

「一体どうやって、『使徒』の手から杖を取り返してくださったのですか？」

「『使徒』は殺した」

「……殺した⁉　まさか人の身で『使徒』の討伐《とうばつ》に成功したと⁉」

俺の言葉を聞いて、ヴァニリー総主教は驚いた声を上げた。

ヴァニリー総主教は、神官の最高位というだけあって落ち着いた雰囲気だったのだが……

『使徒』の討伐というのは、やはりインパクトがあるのだろうか。

「ああ。色々と苦労はしたがな」

「まさか……あなたは、女神ミーゼス様の『使徒』ですか？」

「残念ながら違う。俺に『使徒』みたいな力があったら、話はもっと簡単だったんだがな」

使徒の力は、やはり圧倒的だった。

ＶＬＯで、ゲーム中トップクラスのプレイヤーを殺すのさえ、『使徒』の暗殺に比べたらあまりに簡単だ。

あれは、人間には決して辿《たど》り着けない領域だ。


だが……。


「この杖があれば、ちょっとはマシになる。……どこに置けばいいか、知っているか？」

そう言って俺は『国守りの錫杖』を差し出した。

『国守りの錫杖』を専用の祭壇に置くことで、俺を含むミーシス王国民のステータスは20％も上がる。

それでもまだ『使徒』にはほど遠いが……だいぶ戦いやすくはなるだろう。

「もちろんです。……ご案内いたします」

ヴァニリー総主教はそう言って俺に、深々と礼をした。

あと二人の神官たちも、それに続いて頭を下げる。

俺が来た時の警戒した様子は、もう微塵《みじん》も感じられない。

10秒近く頭を下げてから、ヴァニリー総主教が教会の奥へと歩き出した。

どうやら『国守りの錫杖』を捧げる祭壇は、この奥にあるようだ。


「少し遠いですが、ご辛抱ください……」

教会の奥には、長い廊下があった。


廊下のあちこちには、厳重な警備体制が敷かれていた痕跡がある。

警備の詰め所や、防衛用の魔道具、大量の扉……。

明らかに、貴重なものを守るための設備だ。

だがその設備は今、一つも使われていない。

それは、この防衛設備たちが『国守りの錫杖』を守るためにあったことを意味するのだろう。

……そんな長い通路の奥に、祭壇があった。

「こちらです」

ヴァニリー総主教が、そう言って祭壇を指し示す。

祭壇は、礼拝堂と同じく、極端な派手さはなかった。

作られてから1000年近い月日が経《た》っているようで、全体的に古さを感じる。

にもかかわらず……祭壇には、荘厳な雰囲気があった。

祭壇のあちこちには、細かい場所まで手の込んだ装飾が施されている。

一切《いっさい》の妥協を許さないという製作者の心意気が、なんともいえない凄《すご》みを醸《かも》し出《だ》している。

そんな祭壇は隅々まで磨き上げられており、埃《ほこり》一つない。

捧げる杖がなくなってからも、神官たちはこの祭壇に杖が戻る日を待って、祭壇を綺麗《きれい》に維持していたのだろう。

そして今日、祭壇に『国守りの錫杖』が戻る訳だ。

「杖をお願いいたします」

「ああ」

そう言ってヴァニリー総主教が、俺の元に進み出た。
俺はヴァニリー総主教に、杖を手渡す。

「女神ミーゼス様、勇敢なる戦士の助けを得て、ふたたびこの杖を祭壇に捧げることができる機会をいただき、本当に、本当にありがとうございます……。次こそは、この命に代えても、お守りいたします」

そう言ってヴァニリー総主教が、祭壇に深々と頭を下げ……祭壇の真ん中にある杖立てに、杖を置いた。
すると……杖が淡い光を発した。
同時に俺は、体中に力がみなぎるような感覚を覚えた。

「……なるほど。これが『国守りの錫杖』の力か」

そう言いながら俺は、手元にあった金属に『変形』を使う。

ステータス向上による変化を、確かめるためだ。

すると……何の抵抗もなく、金属は思った通りの形になった。

『変形』を発動してから効果が発揮されるまでの時間も、短くなっている。

細部の加工も、以前とは比べものにならないほど正確だ。

「これは反則だな……」

正直……2割変わるだけで、ここまで違うとは思わなかった。

だが、考えてみれば当たり前だ。

VLOで俺は、少しでも魔道具の威力を上げるために、0.1%単位での強化を繰り返していた。

そんな違いが分かるのか、と言われそうだが……0.1%の差でも、それなりの差は感じるものなのだ。

それが一気に2割変わるとなると、もはや天地の差だ。

この効果を国民全員にかけるとは……『国守りの錫杖』は、まさに反則だな。

そう考えつつ、俺は神官たちに目をやる。

「おお……ついにこの時が……」

「女神様、ありがとうございます……！」

「女神ミーゼス様と奪還者レイト様に、最大限の感謝を……！」

年老いた神官たちは、涙を流しながら祭壇にひざまずき、祈りを捧げていた。

様子を見る限り……祈りが終わるまでには、まだ結構時間がかかりそうだな。

「この杖をどう守るかは、ちょっと問題だな」

恐らく『国守りの錫杖』が祭壇に戻ったことには、国民のほとんどが気付いているだろう。

いきなり2割も能力が向上して、気付かないはずがない。

ということは……国内に潜伏しているマスラ・ズール陣営にも、この杖のことが知られたということだ。

となると、また盗みに来られかねない。

『国守りの錫杖』が盗まれてからは、もう何十年も経っているらしい。

となると、杖があった当時の警備体制は、もう解体されてしまっているだろう。

杖を守るシステムは、これから作らなければならないという訳だ。

……まあ、あの長い廊下を魔道具だらけにしていいなら、どうにでもなるか。

昔からある神聖な施設のようなので、壁や床を壊して罠《わな》を仕込むとなると、教会を説得するのが面倒くさそうだが……杖を奪還した俺が言えば、何とかなる気もする。

そう考えていると、神官たちが祈りを終えたようだ。

「『国守りの錫杖』を取り戻してくださったことを、心より感謝いたします。……我ら教会にできることなら何でもお礼をいたしますので、是非お申し付けください」

そう言ってヴァニリー総主教が、俺に頭を下げる。

今回の件の報酬は国王から受け取る予定なので、教会からも報酬を受け取ると、二重取りになってしまうな……。

まあ、それ自体は別にいいのだが、マスラ・ズール討伐のために、女神ミーゼス教には力をつけてほしい。

俺が報酬を要求して負担をかけてしまうと、逆効果になってしまう。

となると……俺が要求すべきは、教会での地位か。

俺が教会で権力を握れば、女神ミーゼス教の勢力を増すような手を打つことができる。

教会からすれば、今まで総主教の顔すら知らなかった奴に『地位をよこせ』と言われても困るだろう。

だが、教会にとっての悲願だった『国守りの錫杖』の奪還を果たしたこのタイミングなら、通る可能性がある。

できれば、女神ミーゼスからの口添えがあると話が通りやすそうだな。

あんなのでも一応、この宗教の神なんだし、頼むだけ頼んでみるか。

『国守りの錫杖』が戻ったおかげで、女神ミーゼスの力も少しは戻っただろうし、総主教に神託を与えるくらいはできるかもしれない。

「お礼か……。何を要求するべきか考える前に、祈りを捧げてもいいか？　少し時間がかかるかもしれないが……」

「もちろんでございます。……やはり、信心の篤《あつ》い方だったのですね」

ヴァニリー総主教が、感心したような顔でそう答えた。

まあ、ある意味信心が篤いといえなくもないのか……？

困った時に、神に頼み事をしようとしている訳だし。

そう考えつつ俺は、この前女神ミーゼスと通信した時と同じように、祈りを捧げる。

作法とかはちゃんと知らないが……この前はこれで通信できたので、多分合っているはずだ。

すると……以前に通信が繋《つな》がった時と同じような感覚があった。

だが、女神ミーゼスの声は聞こえない。


『おい、聞こえるか？』

『えっと……ちょっと待ってくださいね。今そっちに行きますから……』


俺が尋ねると、そんな声が返ってきた。

それから、わずか数秒後。

祭壇が光を発し——何もなかった空間に、女神ミーゼスが現れた。

第十二章

「……は?」

俺《おれ》は思わず、間抜けな声を上げてしまう。

ただ通信しようと思っていただけなのに、女神が降臨していた。

これは……俺にだけ見えているのだろうか。

そう気になって、俺は左右にいる神官たちを確認する。

だが、神官たちも呆然《ぼうぜん》として、祭壇の上——女神ミーゼスがいる場所を見つめていた。

どうやら、祈りを捧《ささ》げた時の通信と違って、今の女神ミーゼスは俺以外にも見えているようだ。

「お久しぶりですね」

女神ミーゼスが微笑みながら、澄んだ声を発した。

神聖さすら感じる、清らかな声だ。

そして女神ミーゼスは、俺の方に向かって優雅に歩き始める。


俺と何度か通信したことのある女神ミーゼスと、同一人物だとは思えない。

……この女神ミーゼスは、偽物《にせもの》か？

それとも、今まで俺が通信していた女神ミーゼスが、偽物だったのか？

そう考えていると――。
優雅に歩いていた女神ミーゼスが、捧げられていた『国守りの錫杖』の端につまずいた。

「……あっ」


女神ミーゼスは、一瞬『しまった』とでも言いたげな顔をして、手を振った。

すると……蹴飛《けと》ばされた杖《つえ》が自然と浮き上がって、祭壇の元の場所に戻った。

……女神ミーゼスは、何事もなかったような顔をしているが……あれ、絶対間違って蹴飛ばしたよな。

よかった。

どうやら女神ミーゼスは、偽物ではなかったようだ。

「レイト様。邪教徒から『国守りの錫杖』を奪還していただいたこと、感謝します」

女神リーゼスが、威厳のある表情でそう俺に告げる。

それを見て俺は……頭の中で呟《つぶや》く。

（……キャラ、違いすぎないか？）

俺が知っている女神リーゼスは、俺をこの世界に転送する時に力不足で失敗し、何もない森の中に放り出した頼りにならない神だ。

そして力不足がバレると、ヤケクソ気味に現状を語り、見捨てないでほしいと頼んでくるような奴だ。

挙句の果てに、魔導師サタークスの……『使徒』の力を知っていたにもかかわらず、討伐《とうばつ》が終わってからその情報を伝えてくるような、頼りにならない神だ。

『国守りの錫杖』につまずいたあたりは、女神ミーゼスらしかったが……。

やはり今目の前にいる姿は、別人に見えるな。

そう考えていると、頭の中に声が響いた。

『あの……適当に合わせてください』

いつもの頼りにならない、女神ミーゼスの声だ。

適当に合わせるとは……どういうことだろうか。

『合わせるって、何をだ?』

『私……この世界では一応、格好いい女神っていうキャラで通っているんです。それが崩れてしまうと……』

『信者が減ってしまう訳か』

この世界の神の力は、信者の数に左右される。

俺が知っているようなポンコツの女神ミーゼスでは、信者は集められないだろう。

だから女神ミーゼスは、本当のキャラを隠して『格好いい女神』を演じていたという訳か。


……神ってのも、大変なんだな。

何というか、前世の世界の芸能人とかを思い出す。

神にも、キャラ作りが大切という訳だ。


『……理解が早くて助かります』


露骨にホッとした声が、頭の中に響いた。

目の前にいる女神ミーゼスの表情も、心なしか安堵《あんど》しているように見える。

俺は事情に理解を示しただけで、合わせてやると言った訳じゃないんだけどな。


『本性をバラされたくなければ、言うことを聞いてくれないか？』

『まさか、神を脅す気ですか⁉　私ってこれでも、神なんですよ⁉』

驚いた声が、頭の中に響く。

どうやら、脅されるとは思っていなかったようだ。

依頼を達成するためなら、依頼人でも脅すのが俺のやり方なのだが。

『神ってのは、脅しに屈しないものなのか？』

『もちろんですよ！　もう何万年も生きてますけど、私を脅そうとしたのなんてレイトさんが初めてです！　……神を脅そうとした人間なんて、前代未聞ですよ！』

『確かに……神を脅すのは、普通じゃないな』

神というのは、敬《うやま》ったり崇《あが》めたりするものだ。

その弱みを握って脅すなど、前代未聞の暴挙だろう。

『ですよね、ですよね！　やっぱり、普通じゃないですよね？』

『ああ。普通じゃないな。暗殺依頼のために人を呼び出しておいて、転送失敗で森の中に放り出すのと同レベルの暴挙だ』

『ゔっ』

俺の言葉を聞いて、女神ミーゼスが女神に似つかわしくない声を出す。
脅す材料は、まだあるのだが。

『……あの……見捨てないでもらえますか？』

俺は女神ミーゼスの声真似《まね》で、そう呟いた。
転送失敗の件について俺が文句をつけた時、悪神マスラ・ズールの依頼を取り消されると勘違いした女神ミーゼスが、捨てられた子犬のような声で俺に言ったセリフだ。
あの時の声は、全《まった》く神のものとは思えなかった。

『ゔっ……』

女神ミーゼスの、うなだれた声が聞こえた。

よし。最後のひと押しといこうか。

『実は魔道具には、テレパシーでの通信を記録できるものもあってだな。……あの台詞《せりふ》、実は記録してあるんだ』

『……要求を聞きましょう』

こうして女神は脅しに屈した。

ああ、嘆かわしい。

『簡単な話だ。女神ミーゼス教会での権力が欲しいから、教会に口添えしてくれ』

『け……権力ですか？　レイトさん、そういうものには興味がないと思っていたんですが……』

『マスラ・ズールを殺すために権力が必要なんだよ。女神自身が言えば、教会もそれなりの地位くらいくれるだろ？』

『あっ、依頼のことを考えてくれたんですね！　……分かりました。じゃあ、権力あげちゃいます！』

女神ミーゼスは、嬉《うれ》しそうな声でそう告げた。

……わざわざ脅さなくても、マスラ・ズール討伐の件で必要だと言えば、権力をくれた気もするな。

まあ、女神ミーゼスを脅す方法が分かったので、今回はよかったのだが。

『権力は欲しいんだが、目立ちたくはない。適当にうまくやってくれ』

『はい！　いい感じに話を持っていくので、話を合わせてください！』

こうして、女神ミーゼスとの相談は終わった。

裏でそんな会話が行われていたとも知らずに、神官たちは女神ミーゼスに祈りを捧げている。

まさか女神本人が降臨するなどとは、神官たちも予想していなかっただろうが……こんな場面でも即座に祈りの態勢に移れるあたりは、さすが高位の神官といったところか。

よく見ると、神官たちはみな驚きと感激にうち震え、涙を流しているようだが。

そんな神官たちに、女神ミーゼスが声をかける。

「こうして地上に降りるのは、１００年ぶりですが……なかなか厳しい状況のようですね」

「……我々がふがいないばかりに、申し訳ありません……！」

ヴァニリー総主教が、そう言って頭を下げる。

厳しい状況というのは、信者が減ってしまったことについてだろう。

ルーラス・マーズ教による改宗戦略で信者を奪われた女神ミーゼス教は、今まで衰退の一途を辿《たど》っていたらしい。

『国守りの錫杖』があった頃は、その圧倒的な御利益で信者数を維持できていたようだが……杖が奪われてからは、資金力に優れるルーラス・マーズ教の『物で釣る』改宗戦略に抗《あらが》えなかったという話だ。

とはいえ、そんな状況の中でまだミーゼス教が国教の地位を守れているのは、神官たちの努力の結果なのかもしれないが。

そう考えていると、女神ミーゼスが口を開いた。

「いいえ。教会の方々は、よくやってくれています。……物資も資金も乏しい中、あなた方が私のために努力を重ねていたところを、私は確かに見届けました」

……なんか、いい神って感じのセリフだ。

女神ミーゼスの本性を知らなければ、俺も感銘を受けていたかもしれない。

「しかし杖を盗まれたのは、我々の不手際で……」

「教会に罪はありません。全《すべ》ての元凶は、この杖を盗んだ者……マスラ・ズールにあります」

マスラ・ズール。

その名前を聞いて、神官たちは表情を硬くした。

やはり神官たちも、今までマスラ・ズール陣営に押されてきた自覚があるのだろう。

「今まで私たちが、マスラ・ズールに押されてきた最大の理由が分かりますか？」

「資金と……規模の不足でしょうか」

現在悪神マスラ・ズールはいくつもの名前を持ち、女神ミーゼス教徒を除くほとんど全ての人間を、その信徒として抱えている。

このミーシス王国で急激に拡大し、女神ミーゼス教を危機に追いやったルーラス・マーズ教も、悪神マスラ・ズールが持つ名前の一つだ。

ルーラス・マーズ教の資金力も恐らく、マスラ・ズール陣営の力によるものだろう。

だが……女神ミーゼスは、ヴァニリー総主教の言葉を聞いて、首を横に振った。

「それも、一因ではありますが……最大の理由は『使徒』の不在です。『使徒』がどれだけの力を持つかは、理解していますよね？」

それを聞いて、神官たちは沈痛な面持ちを浮かべた。

どうやら女神ミーゼス教には『使徒』がいないらしい。

そう考えていると……女神ミーゼスが俺に目配せをした。

同時に、俺の頭の中に声が響いた。

『使徒を作ることを提案してください』

どうやら、演技に付き合えということのようだ。

女神ミーゼスのキャラ作りに合わせるとなると……言葉遣いも気をつけてやるとするか。

「では『使徒』を作ればいいのでは？」

俺はそう、女神ミーゼスに告げた。

それを聞いて、女神ミーゼスが首を横に振る。

「マスラ・ズールに勝つことを考えるなら、その通りです。しかし……マスラ・ズールに対抗できるような使徒を作るためには、多大な生《い》け贄《にえ》の犠牲が必要になります」

使徒作りって、生け贄が必要なのか。
まあ、あれだけの力を持つ存在を、何の犠牲もなしに作れる訳がないよな。

そう考えていると、ヴァニリー総主教が口を開いた。

「生け贄が必要なのでしたら、私を使ってください」

「私もです。……老い先短い命、女神様のために使わせてください」

「同じく、生け贄に志願いたします」

どうやらここにいる3人の神官たちは、全員生け贄に志願するようだ。
……高位の神官が一気に3人も生け贄として死んだら、教会が大混乱になりそうだが。

「いいえ。使徒は作りません。……生け贄も、必要ありません」

女神リーゼスは、神官たちにそう告げた。

それから、女神リーゼスは語りかける。

「私を守るために、命をまで差し出そうという気持ちは、嬉しく思います。しかし……あなたたちの命を受け取ってしまえば、私はマスラ・ズールと同類になり……『守る価値のある神』ではなくなってしまいます」

なるほど。

犠牲を出したくないという訳か。

……なんだか、人気稼ぎに使われた気分だな。

女神リーゼスに対して、使徒を作ることを提案させられたのは俺だし。

「私は守られるより先に、『守られる価値のある神』でいたいです。だから、使徒は作りません」

女神リーゼスは、きっぱりと宣言した。

その言葉を聞いて、神官たちはますます深く頭を下げた。

確かに、信者を減らさないという意味では、信者を犠牲にしないことは理にかなっている。
倫理的にも、明らかに女神リーゼスは正しい。
だが現実的なことを言えば……女神リーゼスのやり方は、生ぬるいな。

このままいけば、女神リーゼス教とマスラ・ズール教の宗教戦争が起こる可能性が高い。
そんな時に『使徒』がいなければ、女神リーゼス教徒は一方的に蹂躙《じゅうりん》され、多数の犠牲を
――ほぼ間違いなく、使徒を作るよりも多くの犠牲を出すことになる。

というか……魔導師サタークスやグラーズル公爵は、すでに大勢の犠牲を出しているはずだ。
『国守りの錫杖』を奪う時にも10人以上の死者が出ているし、それ以外でも恐らく『使徒』は暗躍し、多数の犠牲を出していたことだろう。
結果的に、『使徒』を作った方が、犠牲は減らせる可能性が高い。

そう考えていると……頭の中に、女神リーゼスの声が響いた。

『本当は『使徒』、喉《のど》から手が出るほど欲しいんですけど……『使徒』を作るにはすごく力が必要で、今の私じゃ無理なんですよね』

……台無しだった。

さっきの女神リーゼスの『犠牲を出したくないんです』みたいな演説は、一体何だったのだろうか。

これも、キャラ作りのためかよ。

などとがっかりしていると、女神リーゼスが神官たちに語りかける。

「『使徒』を作らないのは、もう決めました。……しかしマスラ・ズールと戦うにあたって『使徒』の戦力がどうしても必要なことも、私は理解しています。そこで……使徒と対等に渡り合える力を持つ者を、『使徒』に指定しようと思います」

「『使徒』と、対等に……⁉」

女神リーゼスの言葉を聞いて、神官たちが驚いた顔をした。

そして、俺も驚いた。

この国に『使徒』と渡り合える奴《やつ》なんていたのか。

いたなら、早く紹介してくれればよかったのに。そうすれば『国守りの錫杖』の奪還も、もうちょっと簡単だっただろう。

「はい。この国には今、たった1週間ほどでマスラ・ズールの『使徒』二人の討伐に成功した者がいます。人格面でも、私の『使徒』に相応《ふさわ》しい人物です」

そんな奴《やつ》が、この国に……。

……ん？

1週間ほどで二人の『使徒』を討伐って……。

もしかしてその『使徒』は、魔導師サタークスとレライアスじゃないだろうか。

というか、状況的にそれ以外あり得ない。

となると……今女神リーゼスが『使徒』に指定しようとしているのは……俺か？

『ちょっと待て。教会での権力が欲しいとは言ったが……目立たないように頼むって言ったの、忘れてないか？』

確かに女神直属の『使徒』なら権力は持たせてもらえるかもしれないが、絶対に目立つよな。
そうすると、暗殺者として動きにくくなるんだが。

『あっ。……な、何とかします！　話を合わせてください！』

どうやら、忘れていたようだな。
まあ、女神リーゼスの力があれば、今からでも軌道修正はできるだろう。
これでも一応、神のはずだし。

そう考えていると、神官たちが感動に満ちた声を上げた。

「い、1週間で悪神の『使徒』二人を討伐……まさに、神話にある救世主そのものではありませんか！」

「女神ミーゼス教が危機に瀕する時、救世主が現れ、敵を打ち破るという神話の通りの存在が、ついに今……！」

どうやら女神ミーゼス教には元々、救世主に関する神話があったようだ。

何とも都合のいい神話だが……神話というのは元々、そういうものかもしれない。

「はい。そして救世主は、ここにいます」

そう言って……女神ミーゼスが、俺を指す。

「『国守りの錫杖』を取り返してくださったレイト様本人が……神話の救世主……⁉」

「おお……！　まさか、神話の奇跡の時に立ち会えるなど……！」

神官たちは感激の涙を流しながら、俺にひざまずく。

うん。すごく居心地が悪いな。

だが……確かにこの雰囲気なら、俺に教会での権力を与えるのは簡単そうだな。

あとは女神ミーゼスが一言言えば、権力はいくらでも手に入るだろう。

ただ……。

『おい、俺を救世主って扱いにしていいのか？　……俺はマスラ・ズールの暗殺を引き受けただけで、別に女神ミーゼス教を助けるためにここに来た訳じゃないぞ』

その暗殺に関しても、俺はちゃんと報酬を決めて依頼を受けた、ただの雇われ暗殺者だ。

俺は間違っても、救世主などと言われるような、大層な存在ではない。

『でも……マスラ・ズールを暗殺するために、助けてくれるんですよね？』

『それはそうだが……』

『じゃあ、救世主で間違いないです！　そもそもマスラ・ズールの『使徒』二人を倒して、『国守りの錫杖』を取り返すなんて偉業をしておいて、救世主以外の何なんですか……？』

どうやら女神ミーゼス的には、救世主の動機は何でもいいらしい。

たとえ報酬を払って連れてきた暗殺者でも、役に立つなら救世主ということのようだ。現金なものだな。

そう考えていると、女神ミーゼスが口を開いた。

「レイトさん『使徒』の役目、引き受けてもらえますね？」

「……謹んで、役目を請け負いましょう」

「ありがとうございます。……只今より、レイトさんは私の唯一の『使徒』です。……次に私が降臨できるのは、いつか分かりません。それまでの間、教会はレイトさんの言葉を私の言葉だと思って、指示に従ってください」

俺の言葉を女神の言葉だと思って、指示に従え……とは、大きく出たものだな。

教会的に、いいのだろうか。

そう考えていると……神官たちが躊躇《ちゅうちょ》なく頭を下げた。

「謹んで、拝命いたします」

「レイトさんの言葉は絶対ですよ。たとえレイトさんの言葉と教会の教義が矛盾《むじゅん》したとしても、レイトさんの言葉を優先してください」

「「はい！」」

教義と矛盾してもって……流石《さすが》にやりすぎじゃないだろうか。
たとえ俺が大量殺戮《さつりく》を命じたとしても、やるってことだよな……？

『おい、俺にそこまでの権限を与えてもいいのか？』

『大丈夫だと思います。レイトさん、多分私より頭いいですし……レイトさんに見捨てられたら、どうせ私は終わりですから！』

うん。

女神とは思えない発言だが、考えていることはよく分かった。

要は、丸投げって訳だな。

森に放り出された時に比べれば、こうやって地位を与えて後の行動をやりやすくしてくれるだけ、だいぶマシだ。

そう考えていると、ヴァニリー総主教が尋ねた。

「では、今日付でレイト様を教会の最高権力者といたします。……レイト様の肩書きは、いかがいたしましょう」

どうやらヴァニリー総主教も、俺の下につくことに異論はないようだ。

彼の思考には最初から、女神に逆らう選択肢などないのだろう。

さっきまで、自分の命すら差し出そうとしていたくらいだし。

「レイトさんはこれから、教会の最強権力者です。しかし……マスラ・ズール陣営に『使徒』

の件が知られると、レイトさんの暗殺に動かれかねません。そこでレイトさんを『使徒』としたことは、教会上層部――マスラ・ズールの件について知っている者だけの極秘事項とします。……一般の信徒たちにはレイトさんの言葉を、私からの神託として伝えてください」

なるほど。
こうやって、俺の件を隠蔽する訳か。

「はい。使徒レイト様の言葉を伝える役目……この命に代えても、果たさせていただきます」

そう言ってヴァニリー総主教が、深々と礼をする。
まさか、俺の言葉が神の言葉として扱われると思わなかったが……ともかく狙《ねら》い通りに、俺は教会を操《あやつ》る力を手に入れた訳だ。

『ちなみに今……この世界の、ルーラス・マーズ教徒と女神ミーゼス教徒の割合は、どのくらいだ？』

『私の信徒は、世界人口の1％ほどです。そして……残り全てがルーラス・マーズ教徒です』

なるほど。

1対99の戦い……その上、敵には圧倒的な力を持つ『使徒』までいるときたか。

『……聞けば聞くほど、絶望的な状況だな』

『そう言う割には……レイトさんは、絶望しているように見えませんよ？　むしろ、楽しそうというか……』

俺の言葉を聞いた女神ミーゼスは、見透かしたようにそう呟いた。

……バレたか。

『ああ。楽しいさ。……こんなに困難で、複雑で、派手な依頼を受けたのなんて初めてだからな』

そう言って俺は、祭壇に捧げられた『国守りの錫杖』に目をやる。

この『国守りの錫杖』があれば、勝てる可能性は十分ある。

いや、絶対に勝つつもりだ。

魔導師サタークスによる乗っ取りは阻止した。

グラーズル公爵に盗まれた『国守りの錫杖』も取り返した。

だが……この2つはいずれも、マスラ・ズール陣営からミーシス王国と、女神ミーゼス教を守っただけだ。

ただ守っているだけで、戦いに勝てる訳がない。

守りに回るのは、もう終わり。

いよいよ、俺たちが反撃に出る番だ。

あまり『暗殺者らしい』やり方ではないが……俺の力、存分に振るってやろう。

あとがき

はじめましての人ははじめまして。1巻や他シリーズ等からの方はこんにちは。進行諸島《しんこうしょとう》です。

本編より先に後書きを読む方も多いと思うので、さっそく本シリーズの紹介からです。

この『暗殺スキルで異世界最強』シリーズは、異世界に転生した主人公が『生産スキル』を駆使した『暗殺術』によって無双するシリーズとなっています。

本作の世界には、化け物じみた人間が大勢います。

特に暗殺対象であり主人公にとって最大の敵である『悪神マスラ・ズール』の加護を受けた者たちは、もはや人間であるかすら怪しいほどの化け物揃いです。

身体的な性能や魔力で言えば、主人公は普通の人間に近いです。

ですが……この世界で一番の化け物は、間違いなく主人公です。

彼は凄まじい技術と戦略で、化け物としか言いようのない人間を打ち倒していきます。

力によるゴリ押しはあまり得意ではありませんが、持てる力で勝利を重ねていく主人公の姿はまさに必見です！

彼がどうやってそれを成し遂げるのかは……本編でお確かめください！


シリーズ紹介は以上です！

ということで、そろそろ謝辞《しゃじ》に入らせていただきたいと思います。


書き下ろしや原稿のチェックなどについて、的確なアドバイスを下さった担当編集の方々。

素晴らしい挿絵をつけてくださった、赤井《あかい》てら様。

それ以外の立場から、この本に関わってくださっているすべての方々。

そして、今この本を手にとって下さっている、読者の方。

この本を出版することができるのは、皆様のおかげです。本当にありがとうございます。


最後に宣伝を。

私の他作品『失格紋の最強賢者』12巻が絶賛発売中です！

こちらは長期シリーズであるものの、今から1巻を読み始めても楽しめるようなシリーズですので、前から買っていただいている方も、新たに興味を持っていただけた方も、ぜひ手にとっていただければと思います。

それでは、また次巻で皆様にお会いできることを祈って。

進行諸島

GAノベル

暗殺スキルで異世界最強2

～錬金術と暗殺術を極めた俺は、世界を陰から支配する～

2020年6月30日　初版第一刷発行

著者　進行諸島

発行人　小川 淳

発行所　SBクリエイティブ株式会社
〒106-0032　東京都港区六本木2-4-5
03-5549-1201　03-5549-1167（編集）

装丁　AFTERGLOW

印刷・製本　中央精版印刷株式会社

ISBN978-4-8156-0553-7
Printed in Japan

ファンレター、作品のご感想をお待ちしております。

〒106-0032　東京都港区六本木 2-4-5
SBクリエイティブ株式会社
GA文庫編集部 気付

「進行諸島先生」係
「赤井てら先生」係

本書に関するご意見・ご感想は
下のQRコードよりお寄せください。
※アクセスの際に発生する通信費等はご負担ください。

https://ga.sbcr.jp/